COLONNA,

ou

le Beau Seigneur,

HISTOIRE CORSE
DU 10ᵉ SIÈCLE.

PAR MADAME LA COMTESSE DE BRADI.

Orné de quatre gravures.

TOME PREMIER.

PARIS,

CHEZ L'ÉDITEUR, PLACE DE L'ODÉON, Nº 3,

EN ENTRANT PAR LA RUE RACINE, Nº 6;

Et chez ROUSSELON, libraire, rue d'Anjou-Dauphine, n. 9.

1825.

IMPRIMERIE MOREAU,
rue Montmartre, n°. 39.

Antonio raconte son voyage à Bianca.

Ch. 2.

COLONNA,

OU

le Beau Seigneur,

HISTOIRE CORSE
DU 10ᵉ SIÈCLE.

PAR MADAME LA COMTESSE DE BRADI.

Orné de quatre gravures.

TOME PREMIER.

PARIS,

CHEZ L'ÉDITEUR, PLACE DE L'ODÉON, Nº. 3,

EN ENTRANT PAR LA RUE RACINE, Nº. 6;

Et chez ROUSSELON, libraire, rue d'Aujou-Dauphine, n. 9.

1825.

A L'ÉCRIVAIN

COMPARÉ A TACITE,

A L'ARIOSTE, A CERVANTES;

A L'ÉCRIVAIN

QUI RESPECTA TOUJOURS

LA RELIGION,

LES MOEURS ET LE MALHEUR;

AU GÉNIE

QUI CRÉA

DANS LE XIXe. SIÈCLE:

A SIR WALTER-SCOTT [1].

---

[1] L'auteur répète ici le jugement porté par d'habiles critiques français, qui avaient seuls le droit de classer un aussi célèbre écrivain que sir Walter-Scott.

(Note de l'Éditeur.)

AVERTISSEMENT.

—

L'histoire de la Corse au dixième siècle est si peu connue, que j'ai cru nécessaire de mettre, au commencement de cette Nouvelle, le nom des personnages. Cet usage des auteurs dramatiques a quelquefois été suivi par des romanciers. De ce nombre est Richardson, dans le roman de *Clarice Harlowe.*

Noms des personnages.

ENRIGO COLONNA, surnommé *le Beau Seigneur,* comte souverain de Corse;

GINEVRA, sa femme;

BIANCA, leur fille, femme du comte Antonio Forte, seigneur de Cinarca;

Jeunes fils du comte de Corse.

GIULIO;

LUIGGI;

Rolando;

Alberto;

Michele;

Severino;

Gioanni;

Marcello, seigneur de Tralaveti.

Pour éviter le reproche de
dénaturer l'histoire et de tromper les lecteurs, on trouvera, à
la suite de cette Nouvelle, une
Notice fort abrégée et fort exacte
relative aux comtes de Corse.

Je ne réponds pas des erreurs où pourront tomber ceux qui ne voudront pas prendre la peine de lire cette Notice et les notes.

INTRODUCTION.

———

Lorsque d'Aix on arrive à Marseille, on voit, avant d'entrer dans cette ville, à la droite de la grande route, une crique qu'entoure une plage déserte parsemée de rochers. Au milieu du demi-cercle que forme le rivage, et en face de la pleine mer, de hautes voûtes, des murs écroulés, des colonnes inégales, plusieurs fragmens d'architecture presque ensevelis dans le sable, offrent une grande ruine que le site embellit beaucoup, et que les voyageurs s'arrêtent toujours pour considérer. Malheureusement l'antiquité ne colore point ces restes du charme qu'elle répandrait sur une pierre détachée des *prophylées*, ou sur une brique de *fabrication romaine*. Cet édifice, qui n'a jamais été achevé, se construisait il n'y a pas soixante ans. Un prince étranger, dont personne n'a retenu le nom, avait choisi ce lieu pour y fixer sa demeure: des ouvriers avaient été réunis en grand nombre; on pressait leurs travaux; le prince aspirait au moment

de venir habiter ce palais qui s'élevait sous ses yeux avec une rapidité
magique, car il ne s'en rapportait
qu'à lui-même du soin de surveiller
les ouvrages. Des jardins magnifiques
étaient dessinés, on creusait et l'on
transportait au loin ce sol aride que
l'on remplaçait par des terres végé-
tales amenées à grands frais. Des par-
terres devaient fleurir, des bosquets
donner de l'ombrage autour des élégans portiques que le prince parcou-
rait chaque jour, et l'on commençait
à s'occuper d'une distribution inté-
rieure aussi élégante que commode,
lorsque le prince, dégoûté de sa rési-

dence future, de la Méditerranée et de la Provence, repartit pour l'Allemagne, sa patrie, laissant son architecte et ses ouvriers mal payés et très-mécontens, et son palais au milieu de décombres qui jettent toujours les voyageurs dans l'incertitude, quand ils doivent décider si le temps ou le caprice ont produit cette belle ruine.

C'était sans doute pour éclaircir ce doute qu'un homme venait d'ordonner à son postillon d'arrêter, et aidait à sortir d'une *dormeuse* une jeune femme qui, s'appuyant sur le bras qu'il lui offrait, vint au bord de la route examiner l'édifice imparfait, et la mer aux bords de laquelle on ne pouvait descendre du point élevé où se trouvaient alors les voyageurs. La jeune personne regarda long-temps ce paysage qu'elle trouvait digne d'admiration.

« Que diriez-vous donc, lui demanda son conducteur, si vous voyiez la baie de Naples?

— Ah ! ne me désenchantez point.! La mer, des roches, une colonnade... Je suis ravie. Trouverons-nous à Nice rien d'aussi charmant ?

— Non, vous n'aurez point de palais; mais aussi vous n'aurez pas de ruines.

— C'est précisément parce qu'il est à moitié tombé que je trouve ce palais si joli.

— Si je pouvais vous assurer que c'est celui d'un des douze Césars, je partagerais votre enthousiasme. Mais ces murailles me paraissent bien blanches..... Prêtez-moi votre lorgnette..... Ces chapiteaux ne sont pas d'un goût bien pur..... Je ne retrouve pas, dans tout cet édifice, une seule de ces belles lignes qui frappent à l'instant dans tout ce qui nous reste des anciens.....

— Hé bien, mon père, *je rends grâce aux dieux de n'être pas Romaine*, c'est-à-dire que je me félicite de mon ignorance. Je n'ai jamais rien vu, comme vous le dites souvent, aussi tout me paraît digne d'être regardé. Promettez-moi, si nous restons quelques jours à Marseille, que vous me conduirez voir de près ces ruines.

— Ah! bien volontiers, mon enfant.

— Convenez qu'assis sur un de ces pilastres renversés, entendant les vagues et lisant les *Méditations poétiques*, vous ne vous ennuieriez pas plus que moi?

— Je ne m'engage à rien qu'à vous ramenez ici, ma chère Camille, et peut-être à vous y sermoner; car, décidément, je blâme vos lectures. Que diantre! songez donc que nous faisons un voyage de près de cinq cents lieues pour vous guérir d'une langueur qui n'est attribuée qu'à votre tristesse, et vous remplissez toutes les poches de la voiture des livres les plus mélanco-

liques que vous pouvez trouver? Et
maintenant, c'est au bord de la mer,
appuyée contre quelque urne, si vous
êtes assez heureuse pour en rencontrer
parmi ces débris, que vous voulez ro-
manesquement lire:

> Hélas! partout où tu repasses
> C'est le deuil, le vide ou la mort,
> Et rien n'a germé sur nos traces
> Que la douleur ou le remord!

ou bien:

> Qu'une plainte éternelle accuse la nature,
> Et que la douleur donne à toute créature
> Une voix pour gémir.

– Ces vers sont délicieux.

— Et surtout très-gais..... Ah! ma
fille, l'expérience ne vous a pas encore rendue sage. »

Ces mots rappelèrent quelques tristes souvenirs à *Camille;* elle leva vers
son père de beaux yeux bleus, dont
deux larmes étaient prêtes à s'échapper. « Allons dit monsieur Dorfeul,
vous avez toujours *une raison* à laquelle je n'ai rien à répondre..... Cela
ne veut pas dire qu'elle soit bonne,
non..... Mais, mon enfant, au risque
de vous contrarier encore, il faut que

je vous avertisse qu'un des plaisirs sur lequel vous comptez sans doute en méditant ici, vous sera interdit. Vous n'y viendrez pas dire au déclin du jour:

Et le char vaporeux de la reine des ombres
Monte et blanchit déjà les bords de l'horizon.

» Cette heure, dans ce pays-ci, est celle où tombe un serein excessivement dangereux. Votre poitrine délicate et mes rhumatismes s'accommoderaient mal de cet instant si célébré par les poètes et les romanciers de notre temps; et vous voudrez bien consentir à ne vous promener que le matin. Allons,

remontons en voiture, et arrivons.
J'espère trouver des lettres de mon
caissier, poste restante.....

— Je vous assure, mon père, que
je viens de voir un homme là-bas
passer entre deux colonnes.....

— C'est un revenant ou un amant
malheureux..... Êtes-vous contente, et
n'est-ce pas ainsi que vous l'entendez?

— Vous verrez que nous appren-
drons à Marseille quelque chose sur
ces ruines.

— Comment donc! je n'en doute pas.

— Tenez! le voyez-vous?

— Oui; il marche.

— Il s'asseoit.

— C'est un acteur. Comme Démosthène, il répète au bruit des flots.

— J'espère que ce sera le héros de quelque belle histoire bien extraordinaire, bien incroyable.....

— Vous voudriez me faire croire

que vous plaisantez ? Mais je vois clairement que vous pensez ce que vous me dites. Allons, laissez ce héros et venez. »

Camille suivit son père, et ils continuèrent leur route, à la grande satisfaction du postillon, qui n'imaginait point ce que pouvait avoir de curieux un point de vue devant lequel il passait chaque jour, sans être jamais tenté de s'arrêter une minute.

Veuve après dix-huit mois, d'un mariage d'inclination qui ne l'avait pas rendue heureuse, Camille n'ayant pas encore atteint sa vingtième année, était menacée d'une maladie que l'on ne désignait pas encore du nom de consomption, mais que les médecins trouvaient déjà assez inquiétante, pour assurer qu'un séjour à Nice était le seul moyen curatif qu'ils s'accordassent à ordonner. M. Dorfeul, qui de tous les objets de son affection n'avait conservé que sa fille, n'hésita pas à se conformer à l'avis des médecins, et voulut conduire Camille dans le beau pays que lui-même avait visité quelques années auparavant. Étant jeune, M. Dorfeul avait cultivé les lettres, et, plus tard, un de ses amis, bel-esprit et con-

seiller d'État, jouissant d'un grand cré-
dit, lui donna sans sollicitation une
très-belle place dans l'administration
financière dont il était le chef; et la
conduite irréprochable de M. Dorfeul,
son esprit, ses manières polies et son
bon caractère l'y maintinrent, après
même que son protecteur eût été forcé
par les circonstances de se retirer des
affaires. S'il eût été rassuré sur la santé
de sa fille, Dorfeul se fût trouvé très-
heureux, en obtenant un congé, de
penser qu'ainsi que dans sa jeunesse,
il allait pendant six mois lire, écrire,
enfin ne *rien faire*, en style adminis-
tratif; mais la vue de sa Camille, pâle

et maigrie, ne lui laissait qu'une idée. Cependant dès les premiers jours de son voyage, madame de L.... souffrit moins, et l'insomnie, le plus pénible des maux qu'elle éprouvait, céda aux fatigues de la route. Sans jamais avoir l'air d'y chercher, son père la forçait à occuper son esprit d'objets nouveaux et extérieurs qu'elle rencontrait à chaque pas; des distractions le jour, du sommeil la nuit, eurent bientôt produit un changement si favorable, que M. Dorfeul n'avait plus que des inquiétudes modérées, lorsqu'il arriva avec sa fille à Marseille; mais il n'en persista pas moins à passer à Nice le temps de son congé.

N'ayant point trouvé à Marseille les lettres qu'il attendait, M. Dorfeul résolut de demeurer dans cette ville jusqu'à ce qu'elles lui parvinssent; on était aux premiers jours du mois de mars; mais la pureté du ciel, la douceur de l'air, le parfum des fleurs, annonçaient l'approche d'un printemps qui n'était point uniquement *astronomique*. Camille sentait qu'elle *respirait* une nouvelle vie : ses joues se ranimaient du coloris de la jeunesse; elle soupirait encore fréquemment, mais ce n'est pas à vingt ans, et après avoir aimé, qu'une femme cesse de soupirer. M. Dorfeul savait cela sans doute,

car il ne le remarquait jamais et semblait aussi ne point apercevoir certains
regards fixes et mornes que sa fille at-
tachait parfois à la terre; mais il ar-
rivait toujours dans ces instans-là qu'il
avait à lui demander quelques détails
relatifs à leur voyage, à un livre frivole ou aux costumes des dames de
Marseille. Lorsque Camille, après avoir
répondu à son père, se taisait, et les
mains croisées, la tête penchée, attendait silencieusement une nouvelle
question, M. Dorfeul se rappelait une
place publique, un monument qu'il
était indispensable de connaître, et Camille, qui d'abord ne partageait point

la curiosité de son père, écoutait avec intérêt ses observations, quand elle en avait l'objet sous les yeux. C'était pour terminer une de ces dangereuses rêveries que M. Dorfeul parla un matin à sa fille du palais abandonné, et Camille sentit aussitôt renaître le désir d'aller voir de près ces débris, les premiers et les plus pittoresques qu'elle eût encore eu la possibilité d'examiner.

Le valet-de-chambre de M. Dorfeul, qui lui servait alors de cocher, s'était fait enseigner le chemin ; et, après une heure de route, Camille eut le plaisir de

se reposer sur une colonne corinthienne
renversée, dont les vagues baignaient
le chapiteau..... Quoique M. Dorfeul se
moquât de l'air satisfait de sa fille, il
ne put s'empêcher de trouver comme
elle cette situation très-agréable, et il
regretta de ne pas voir quelques pins
d'Italie mêler leur sombre verdure aux
murailles blanches de l'édifice, et offrir à sa fille un peu d'ombrage, tandis qu'elle dessinait, dans son livre
d'esquisses, une barque et quelques
pêcheurs qui jetaient leurs filets dans
le milieu de la crique. M. Dorfeul venait de faire cette réflexion à haute
voix, lorsqu'il entendit rouler derrière

lui quelques pierres, et vit, en se re-
tournant, un jeune homme, qui, sor-
tant des ruines, écartait les décombres
et s'avançait vers madame de L.....
Camille reconnut sur-le-champ la re-
dingotte et le beset bleu de l'étranger
qu'elle avait remarqué le jour où elle
s'était arrêtée avec son père sur la
grande route; mais elle fut bien plus
surprise lorsque, s'étant approchés l'un
de l'autre, elle vit son père et le jeune
homme se saluer d'un air de connaissance et se prendre la main; elle se
rappela alors avoir elle-même rencon-
tré deux ou trois fois, dans des bals,
ce même homme, remarquable par sa

figure et sa tournure très-distinguées, mais dont elle n'avait jamais su le nom. Son père le lui apprit en lui présentant *Charles d'Aunoy*, neveu d'un ami qu'il avait perdu depuis quelques années, et avec lequel, dans sa jeunesse, il travaillait à une entreprise littéraire qui leur donnait, ajouta Dorfeul en riant, plus d'honneur que de profit.

— L'un vaut mieux que l'autre, répondit Charles.

— Je parie que c'est l'argent que vous dédaignez.

— Ah! certainement.

— C'est que vous n'en avez jamais manqué.

— Vous pourriez bien vous tromper..... Mais j'étais venu pour offrir à madame un abri contre le soleil, dont la chaleur sera insupportable avant une heure sur ce sable, et près de ces murs ; madame pourra de même dessiner de l'intérieur.

— Ne craignez-vous pas que ce palais n'écroule ?

— Il n'y a aucun danger. Depuis quinze jours je viens ici tous les ma-

tins, je n'en sors que le soir. J'y ai
entendu souffler le *mistral,* et l'on ne
peut douter de la solidité des murailles
que ce vent n'ébranle point aux ap-
proches de l'équinoxe. Ces débris que
vous voyez à terre sont des matériaux
qui n'avaient pas encore été mis en
œuvre. Le climat ici est moins con-
servateur qu'en Égypte, mais il l'est
déjà assez pour que ce bâtiment subsiste très-long-temps..... Si vous voulez
conduire madame votre fille dans *mon*
cabinet, je vais passer et vous montrer le chemin.

En disant ces mots, le jeune homme,

suivi de M. Dorfeul et de Camille, en-
tra sous le portique, traversa un grand
vestibule et plusieurs chambres. Il
s'arrêta dans une pièce plus petite
dont le plancher était couvert d'une
natte épaisse et grossière. Un petit
siége portatif, tel qu'en emploient
les peintres paysagistes, était déplié
devant une grosse pierre qu'une se-
conde natte recouvrait, et sur laquelle étaient un portefeuille ouvert
et beaucoup de papiers épars. Une
écritoire de poche, un panier rempli
d'oranges, de grenades et de citrons
doux, complettaient ce que Charles
appelait son ameublement.

Le pliant fut offert à Camille, qui assura n'avoir jamais été plus commodément établie, et admira, sur nouveaux frais, l'étendue de l'horizon, la transparence du ciel, et l'éclat du soleil, que chaque vague réfléchissait. Tandis qu'elle essayait de fixer, à l'aide de son crayon, quelques traits de ce magnifique tableau, Charles roula, de la pièce voisine, deux grosses pierres sur lesquelles il s'assit ainsi que M. Dorfeul.

« Ce n'est donc pas pour dessiner que vous passez ici vos journées? lui demanda ce dernier.

— Non, monsieur.

— C'est pour écrire ?

— Hélas, oui.

Je pense, continua Dorfeul, que vous venez chercher ici des inspirations; et d'après le choix du lieu, je devine celui du sujet; vous travaillez à un mélodrame?

— Non, en vérité.

— Au moins je ne me tromperai

point sur vos principes en littérature;
vous professez le *romantisme?*

— M. Jourdain faisait de la prose....
Si vous aviez la bonté de me dire en
quoi consiste le genre romantique, je
saurais peut-être si c'est le mien.

— Vous me tendez un piége, car
vous savez très-bien que tout ce qui
est vaporeux, nuageux, vague, in-
discible, forme l'essence de ce genre,
mais que ce ne sont pas des élémens
sur lesquels on puisse baser une poé-
tique.

— Mais on ne peut pas non plus
faire un livre avec de *l'obscurité* et de
l'impalpabilité?

— Ce serait le chef-d'œuvre du
genre? essayez-en.

— Tant de gloire ne saurait m'ap-
partenir.....

— Mais croyez-vous qu'il n'y a
pas de mal - entendu dans la querelle qui s'élève aujourd'hui?

— Point du tout. Les maîtres sont
là. Tous les écrivains du siècle de

Louis XIV, et plus tard Voltaire, Rousseau, Buffon, quelques autres encore, nous ont laissé le type éternel du beau et du bon.

— Il est en effet si facile d'écrire comme eux !

— Oh ! ce n'est point du tout par humilité que vous suivez une route qu'ils n'ont pas tracée..... C'est le mauvais goût qui vous égare..... Et puis on veut sacrifier à la mode.....

— Je ne suis pas de cet avis. Il n'est

d

point d'auteur de poëme en prose qui
ne voulût décrire des lieux et des si-
tuations comme Fénélon, car il y a
plus de _détails_ et de _mélancolie_ dans
Télémaque que dans aucun roman
moderne. Il n'y a pas d'orateur qui
n'ambitionne la raison de Bourdaloue,
l'élégance de Massillon, la force de
Bossuet; point d'auteur dramatique qui
n'envie _Phèdre_ ou _le Misanthrope_;
enfin il n'est point de femme, écri-
vant un billet, qui n'invoquât madame de Sévigné. Condamnerez-vous
l'impuissance sans miséricorde?

— Ainsi vous croyez de bonne foi

que l'étude des classiques a produit
les *romantiques.*

— Je n'admets jamais ce mot. C'est
un néologisme.

— Discutons la *chose :* Je ne suis
pas convaincu que la méditation de
nos chefs-d'œuvre puisse produire des
ouvrages tels que ceux que l'on pu-
blie tous les jours.

— Et c'est là votre erreur. Le succès prodigieux de certains livres con-
tenant quelques principes faux, et

écrits d'un style bizarre, obscur et prétentieux, vous abuse. C'est malgré leurs défauts que ces livres ont réussi, et non à cause d'eux; c'est parce que l'on y rencontre des beautés d'un ordre tellement supérieur, que l'on ose à peine signaler un manque de goût, une inversion malheureuse, un barbarisme, si vous voulez. Mais dans ces ouvrages mêmes, on n'admire que ce que l'on admirerait dans ceux des grands écrivains que vous avez nommés.

— Les jeunes gens n'imitent point les vraies beautés des ouvrages dont vous parlez ; ils ne se passionnent que pour leurs extravagances.

— C'est comme si les dames de la cour de Louis XIV avaient voulu boiter, quand ce prince aimait une boiteuse, non parce qu'elle était jeune et jolie, mais infirme ? On pourrait *clopiner* comme madame de la Vallière, mais se parer des charmes de son visage était impossible ; et l'on ne se méprit point sur celle de ces circonstances qui avait séduit le roi.

— Ainsi vous n'admettez que *les beautés classiques ?*

— Très-certainement, mais variées à l'infini, et répandues dans beaucoup de livres en inégale quantité. Là où elles se trouvent en plus grand nombre on doit chercher la perfection, telle qu'il a été donné aux hommes de l'atteindre.

— Ainsi vous lisez avec le même plaisir *Corinne* et *Ourika ?*

— Je ne les compare jamais.

— Que dites-vous de la première?

— Que la réputation de son auteur

pourrait satisfaire l'orgueil le plus insatiable, et que plaire à la majorité est
un mérite qu'aucun raisonnement ne
peut balancer. Un nom ne devient
pas européen avec du ridicule et du
pathos uniquement.

— Et Ourika ?

— C'est peut-être le morceau de
prose le plus élégant qui existe dans
notre langue.

— Mais vous n'êtes pas envieux du
tout.

— D'abord cela annoncerait une grande présomption. D'ailleurs, quand j'aurais toutes les prétentions qui se rencontrent quelquefois avec le plus médiocre talent, je n'en rendrais pas moins justice aux auteurs, car ils ne sauraient me nuire; il y a place pour tout le monde dans la république des lettres. Ceux qui ont lu avec le plus d'enthousiasme *Adèle et Théodore*, n'ont-ils pas voulu lire aussi *Mathilde*, *Adèle de Senanges*, *Anatole?* et les chefs-d'œuvre de *Walter Scott* vous rendent-ils indifférent pour les spirituelles œuvres de *lady Morgan?*

— Ah! vous faites des romans! m'y voilà. De quelle école êtes-vous?

— Encore une division fantastique ! Je tâche d'être de l'école qui n'ennuie pas le lecteur, et je travaille de toutes mes forces à conter comme Cervantes, Lesage, Richardson, ou un des romanciers que je vous ai cités. Vous concevez que je n'y parviens point; mais j'écris avec de si bonnes intentions, je rature si souvent, j'ai si peur de la critique, j'admire si sincèrement mes modèles, que l'on peut quelquefois me lire. J'arrive à la suite des autres, mais j'arrive, et cela me suffit.

I.   e

— Vous êtes auteur, décidément?

— Oh! très-décidément.

— Mais c'est à Paris qu'il faut écrire?

— Penser, voulez-vous dire? et j'en conviens; car je n'ai jamais plus réfléchi que dans les cercles brillans et tumultueux où tout le monde parlant on n'écoute personne.

— Au moins vous avez vécu à Paris?

— Très-long-temps.

— Cela est indispensable pour peindre le monde : un auteur même ne devrait jamais s'en éloigner.

— On a fait pourtant une singulière observation à propos de Voltaire et de J.-J. Rousseau : c'est que l'un et l'autre ont peint supérieurement, non ce qu'ils voyaient, mais ce qu'ils ne voyaient plus. On sait quelles scènes retraçait Voltaire à Ferney, et quels tableaux décrivait Rousseau à Paris. La mémoire, faculté de l'âme, peut

fort bien être plus habile que les yeux,
cet organe d'un sens.

— Ne vous y fiez pas trop souvent
cependant, et malgré quelques remar-
ques ingénieuses, partagez toujours
l'opinion générale...... Tout n'est pas
plaisir dans le métier que vous avez
choisi. Par exemple, comme il faut
courir après les journalistes!

— Convenez que ce serait bien plus
extraordinaire de voir les journalistes
courir après les auteurs?

— Ils vous critiquent quelquefois

avec une sévérité décourageante.........

— Ils vous louent souvent avec une indulgence inouïe[1].

— Vous avez une façon de voir vraiment curieuse..... Vous trouvez des beautés dans tous les livres, et vous dites du bien de tout le monde.....

— Oh! je ferai le contraire quand vous voudrez. Cela dépend du point de vue d'après lequel on examine les ouvrages ou les gens.

[1] Et l'auteur en est un exemple très-remarquable.

— Mais vous ne ferez jamais un livre original avec cette bénignité.

— Pourquoi donc ? Un auteur *bonne personne* est-ce plus commun qu'un bon mari, une bonne femme, ou tout autre bonne créature ?

— Vous ne peindrez donc pas nos mœurs ?

— Ah !

— Hé bien ?

— Je vais vous l'avouer..... Eveillé,

endormi, le souvenir des œuvres de
Walter Scott me poursuit.

— Ce sont les trophées de Mara-
thon....

— N'achevez pas, je vous prie, car
la comparaison doit cesser par respect
pour Thémistocle.

— Vos sentimens seuls sont semblables à ceux de ce héros !

— Hé ! mon Dieu ! oui. Je me suis
senti tout-à-coup enflammé du désir
de célébrer mon pays, d'en décrire

les sites, d'en retracer les mœurs; je voulais peindre différens caractères, différentes époques..... Un obstacle invincible s'éleva tout-à-coup. Je suis né à Bagnolet.

— A Bagnolet?

— Je consultai des chroniques; je m'enquis des traditions. Quand on a parlé des tentations de saint Antoine, peintes par Valade, et de la culture des pêches, perfectionnée par le mousquetaire Girardot, on a tout dit sur Bagnolet, et mon amour national n'a pas trouvé dans ces deux sujets le plan

d'un volume..... J'ai été désolé un instant; mais j'ai fini par me rappeler
que la France était grande; qu'il n'y
avait pas une de ses provinces, où,
comme Français, je ne fusse sur mon
terrain, et jetant alors les yeux sur une
carte représentant les quatre-vingt-six
départemens, j'ai choisi la *Corse*.....

— Ainsi, vous n'avez rien trouvé
entre la *Corse* et *Bagnolet?*

— Ce sont les deux points du
royaume que je connais le mieux et
qui m'intéressent le plus..... Des cir-

constances singulières m'ont conduit
en Corse.....

— Et vous écrivez votre voyage?

— Oh! pas du tout; car il serait
peu prudent de parier de ses contem-
porains, et surtout de ses contempo-
raines, en traitant un sujet corse. Je
vous assure que l'on ne publiera jamais de *mémoires* dans ce pays-là
pour servir à *l'histoire du siècle.* Il
faut que le temps, et un très-long-
temps se soit écoulé, pour que l'extrême délicatesse des descendans du
héros que l'on mettrait en scène, ne se

choquât ni du mal, ni même du bien
que l'on dirait de leur ancêtre, quand
on pourrait compter entre eux une
vingtaine de générations.

— Vous auriez mieux fait alors de
vous en tenir à Bagnolet.

— J'avoue que je n'aurais rencon-
tré aucune difficulté de ce genre dans
mon pays..... Mais la bonhomie qui
convient si bien à un auteur, ne suffit
pas pour intéresser aux personnages
d'un roman ou d'une nouvelle..... Et
puis j'ai un peu cédé au vieux pré-
jugé..... Il est si beau, après huit siè-

cles de révolutions, de voir surgir un
nom toujours vénéré! La majesté de
la toute-puissance environna autrefois
celui de *Colonna*..... Aujourd'hui une
jeune femme le parait de l'éclat des
vertus les plus attrayantes, quand la
mort vint tout-à-coup donner aux
hommages qu'on lui adressait un caractère de sincérité aussi honorable
que désespérant pour sa famille incon-
solable..... [1] Enfin la naïveté du vieux

[1] On pardonnera à l'auteur d'avoir rappelé le
souvenir de sa nièce, madame *Cecilia Chieppe*,
épouse de M. Colonna d'Istria, premier prési-
dent de la Cour royale du département de la
Corse, et fille du feu procureur – général. Morte

Filippini[1] m'a séduit, et sans me rendre compte du genre dans lequel j'é-

à vingt-huit ans, elle montra, en se séparant de la plus tendre mère, du meilleur des maris et des enfans les plus reconnaissans, toute la sensibilité d'une femme, toute la résignation d'une chrétienne. Elle a été regrettée dans l'île comme si les liens de la parenté l'eussent unie à chaque habitant; peu de personnes de son sexe ont été l'objet d'une douleur aussi générale, aussi publiquement exprimée, et il est peut-être moral de citer une célébrité entièrement due aux vertus domestiques, jointes au plus aimable caractère et à une modestie que les louanges exaltaient encore.

[1] Historien corse devenu excessivement rare.

fille, et les accompagna à Paris lors de leur retour. Les imaginations vives suppléeront aux renseignemens que l'on n'a pu obtenir; mais l'éditeur a dû se borner à la publication du manuscrit et des faits parvenus à sa connaissance.

COLONNA,

ou

Le Beau Seigneur.

~~~~~~~~~~~~~~~~~~~~~~~~~~~~~~~~

Chapitre premier.

———

Prendrais-je pour une inspira-
tion le tumulte de mes pensées,
quand je veux raconter une histoire dont la Corse est le théâtre?

I.   I

Pauvre île ! terre âpre ! roches stériles, plages brûlantes, qu'avez-
vous donc produit ? Mon esprit
frémit, et le monde répond. Je
ne te prononcerai point, nom
terrible. L'ombre d'Hector vit
fuir les Grecs ; eh ! qui s'intéres-
serait à mes héros, si la gigantesque image de celui qui leur suc-
céda se présentait à la mémoire ?
Qu'elle s'élève au milieu des mers
inconnues, cette image redoutable ! qu'elle en épouvante les
monstres, les trombes, les ty-
phons : mais que mes lecteurs ne
se la rappellent point ; car l'effroi

que leur inspira la réalité renaî-
trait peut-être devant le fantôme.
Pour moi, qui tremblais d'abord
en nommant l'antique Cyrne, je
me rassure. Huit siècles se sont
écoulés depuis les faits que je veux
raconter; et alors il ne fallait pas
le génie d'Homère pour écrire
l'histoire d'un Corse. Ce qu'A-
lexandre déplorait, peut bien être
souffert par Enrigo; et quand
l'élève d'Aristote, après avoir
dompté Bucéphale, ruiné Thè-
bes, brûlé Persépolis, soumis
l'Asie, et alimenté les nouvellis-
tes d'Athènes, en est réduit à

envier un petit prince, qui dans sa jeunesse fait l'office de servante, et plus tard celui de cuisinier, mon héros n'a pas le droit de se plaindre. Mais je ne veux rien négliger pour satisfaire son ombre..... Je sens mon insuffisance, et afin que mes efforts ne soient point infructueux, je vais, à l'exemple de tous ceux qui m'ont précédée dans des entreprises inquiétantes, avoir recours à quelque pouvoir supérieur. Muses! vierges du Pinde, vous êtes vraiment dignes du culte que l'on vous a rendu; et si le sort m'eût fait

naître sur les bords du Scaman-
dre, je vous offrirais des vœux.
Mais c'est bien en vain que je
vous adresserais des prières : vous
ne les entendriez point. Je ne
parle que français. Ce n'est qu'à
ceux qui pourraient vous les demander dans votre langage que
vous accordez vos faveurs : on le
sait assez. Le grec est pour moi ce
dieu inconnu auquel quelques
empereurs décernèrent des autels;
et beaucoup de mes compatriotes
lui en élèvent de semblables dans
leurs bibliothèques. Il me faut
donc une patrone nationale; et si

les auteurs, ainsi que les moutons
d'un même troupeau, ne se faisaient pas un devoir de suivre
toujours le même sentier, j'aurais
choisi celle de Paris. Les fuseaux
et la quenouille de Geneviève,
attachés par un lien de lis et de
roses à un vieux saule penché sur
le bord de la Seine, et dont le
tronc creusé est rempli de mousse
parsemée de violettes sur lesquelles la bergère est assise et semble
méditer, ne peuvent-ils point devenir les emblèmes d'une muse ?
Mais non. Trop de respect doit
entourer la vérité : trop de véné-

ration l'accompagne..... et ce n'est
pas vers les plus sublimes méditations que je veux entraîner mes
lecteurs. Hélas ! leur faire oublier
le temps est devenu presque aussi
difficile que leur apprendre à l'employer ; et il n'en coûterait pas
plus peut-être de les convertir
que de les amuser. Ce dernier but
est le mien. Je ne me dissimule
point les soins qu'il exige, et selon l'usage, j'implore une protec-
tion surnaturelle. O vous dont
j'ignore le nom, puissance intel-
lectuelle, qui inspirez sans cesse
l'Aigle d'Écosse, et avez dicté tant

de pages à la colombe irlandaise,
patriotisme éclairé, haine de l'ar-
bitraire, amour du juste et du
beau, souffrez que je vous invoque! Vos faveurs sont-elles donc
réservées aux insulaires? Refusez-
moi les talens que vous leur pro-
diguez, mais laissez-moi leurs
sentimens, et j'intéresserai les
Français.

Sur le penchant de la montagne
de Venaco s'élevait l'antique et
majestueux château des souverains
de la Corse. Forteresse et palais,
il présentait à la fois un aspect

redoutable et gracieux. Interrompues par le rocher coupé à pic, ses murailles noircies semblaient être la base d'une double colonnade de granit, qui soutenait les longues terrasses par lesquelles était terminé l'édifice. Lorsqu'à son aurore le soleil laissait les vallées dans l'ombre et n'éclairait que la cime des monts, le palais seul, frappé de ses rayons, paraissait la demeure aérienne d'êtres surnaturels et célestes. Les vertus et la beauté l'habitaient ; ne devaient-elles point en effet produire cette illusion ?

La comtesse Ginevra, assise sur
la terrasse la plus élevée, regardait
alternativement des signaux placés sur les montagnes qui l'envi-
ronnaient, et la jeune Bianca, sa
fille, dont chaque mouvement an-
nonçait l'impatience. Un voile de
pourpre, attaché à quatre oran-
gers chargés de fleurs, ombrageait
la tête des deux princesses, aux
pieds desquelles les sept fils de Ginevra, encore dans l'enfance,
tressaient des couronnes de fleurs
et de branches d'olivier. Dans la
plaine, hors des murs qui formaient la première enceinte, un

peuple nombreux, divisé en plusieurs groupes, paraissait agité de
la plus vive émotion. On voyait
les femmes se prosterner, les vieil-
lards embrasser les jeunes enfans,
tandis que les hommes d'un âge
mûr, appuyés sur de longues piques, la tête baissée, les yeux humides de larmes qu'ils s'efforçaient
de contenir, semblaient plutôt se
préparer à la mort qu'à combattre. Au fond de la galerie la plus
reculée de son palais, le souverain de la Corse, Enrigo Colonna,
se promenait lentement. Un profond silence régnait autour de lui,

et n'était interrompu que par quelques pages qui venaient lui rendre compte de l'exécution de ses ordres.

Tout-à-coup les signaux s'agitent, et bientôt, sur l'une des hauteurs de l'est, on voit paraître la bannière du comte Antonio Fortè, seigneur de Cinarca, l'époux de Bianca. La bannière précède une croix brillante d'or et de pierreries, que porte sur une lance un des vassaux de l'évêque d'Aleria. Le comte Fortè et le prélat viennent ensuite accompagnés d'une faible escorte. A peine ont-ils été aperçus, que Ginevra et sa famille sont descendus précipitamment dans le préau qui s'étend devant le dernier pont-levis. Le comte Enrigo paraît à son tour pour recevoir l'évêque, qui, ayant quitté son cheval, s'avance lentement, affaibli par l'âge et les austérités, à travers une haie qu'ont formée les guerriers. En vain les regards avides du peuple sont-ils attachés sur le prélat. Depuis un demi-siècle il est si parfaitement soumis aux décrets de la Providence, que nul événement ne peut altérer ses traits. Ils expriment dans tous les momens la charité et la résignation. La même douceur régnait dans ses yeux, le même calme sur sa physionomie, lorsqu'il partit pour Rome, au milieu des cris et des pleurs de ce peuple. Il revient, et sa présence ne lui révèle rien.

Mais, arrivé près du comte Enrigo, l'évêque a recouvré des forces ; il cesse de s'appuyer sur le jeune Antonio, et élevant la voix, il dit :

« Seigneur, j'obéis au souve-

» rain pontife en ne vous appre-
» nant que dans ce moment le
» résultat de mon voyage. J'ai
» rempli la mission dont vous m'a-
» vez honoré. Le saint-père cède
» à vos vœux ; il renonce au droit
» de décimer les familles. Appre-
» nez à vos sujets qu'ils ne doivent
» plus déplorer la fécondité de
» leurs épouses. Les fils qui naî-
» tront d'elles sont tous libres (a). »

A ces mots, qui sont répétés
par toutes les bouches, mille cris
se font entendre. Ivres de bonheur, les Corses viennent en foule

tomber aux pieds de leur souverain et du vénérable évêque. Des
mères éperdues, le visage baigné
de larmes et le sourire sur les
lèvres, entourent Ginevra et lui
montrent leurs enfans..... La comtesse, en regardant ses fils, partage leurs transports..... Antonio
saisit ce moment pour presser enfin son aimable épouse entre ses
bras.....

Le silence succède à cette joie
tumultueuse. Épuisé par l'attente
et délivré tout-à-coup de ses anxiétés, ce peuple n'a pas long-temps

la force d'exprimer par des discours sa reconnaissance. C'est alors
que l'évêque d'Aleria, s'adressant
à la fois au comte Enrigo et à ses
sujets, leur dit :

« Je vais rendre grâces à Dieu
» du succès de nos prières..... »

Et se tournant gravement, il
prend le chemin de l'église, que,
par ses ordres, on a préparée se-
crètement pour cette solennité. Le
comte Enrigo se met en marche à
la suite du prélat. Sa haute taille,
sa chevelure bouclée, ses yeux

I   2

noirs et brillans, son teint animé,
la beauté de ses formes attirent
tous les regards. L'expression de
sa physionomie est sublime ; semblable à la Divinité, il a joint au
pouvoir la volonté d'être utile aux
hommes..... Ce peuple est affranchi par ses soins d'un joug impie...
C'est à leur chef que les Corses
doivent la liberté..... Quel conquérant excita jamais un semblable
enthousiasme ! quel triomphateur
put jamais se dire, comme Enrigo : Ma gloire ne fait que des
heureux ! Si depuis long-temps,
rendant hommage aux charmes

que la nature lui avait prodigués,
les Corses ne l'avaient point surnommé *le beau seigneur*, il en aurait obtenu le titre en ce jour mé-
morable. Ginevra, derrière son
époux, recueillait les louanges
dont il était l'objet, et contem-
plant ses sept fils, retrouvait avec
orgueil dans leurs visages enfantins quelques-uns des traits de
leur père.

Bianca ignorait les joies et les
angoisses de la maternité. Après
une longue séparation, elle ne
savait goûter parfaitement que le

bonheur d'être réunie à Antonio ;
et s'il n'eût point suivi l'évêque
d'Aleria , elle aurait volontiers
laissé au prélat le soin de célébrer
la bonté du ciel et la justice de
Rome. Cependant la pompe des
cérémonies, le chant des hymnes,
la ferveur du peuple ranimèrent
la piété de Bianca. Mais lorsqu'au
retour du comte Enrigo dans son
palais, elle vit les galeries se rem-
plir des barons et des seigneurs
qui accouraient de toutes parts
pour féliciter leur souverain ,
qu'elle vit Ginevra occupée à donner des ordres pour les prépara-

tifs d'une fête, Bianca s'échappa
furtivement, et, suivie du comte
Antonio, elle descendit dans un
bosquet de palmiers et de citron-
niers qui était renfermé dans les
murailles.

Parmi tous les grands vassaux
réunis autour de lui, Enrigo ne
vit point le seigneur de Tralaveti.
Seul il s'était fait excuser; et quand
un concert de louanges retentis-
sait dans toutes les bouches, que
les courtisans d'Enrigo et son
peuple répétaient à l'envi mille
traits en l'honneur des Colonna,

et célébraient le souverain et sa famille comme destinés par le ciel à concourir, par divers services, à la grandeur et à la prospérité de la Corse, Marcello, renfermé dans son château de Tralaveti, restait étranger à tant de joie, à tant de reconnaissance.

Une légère pâleur altéra le visage de Ginevra, quand son époux lui fit remarquer l'absence de Marcello.

— Que rien ne trouble vo-

tre repos en cet heureux jour ,
lui dit Enrigo : oubliez un in-
sensé.

— Ah ! répondit Ginevra , que
le comte Fortè ne sache jamais
jusqu'où ce malheureux a poussé
la folie !

— Hé ! comment l'apprendrait-
il ? N'avez-vous pas prévenu votre
fille , et n'ai-je point donné des
ordres à Federici ?

— Sans doute........ aussi mes

inquiétudes n'ont - elles point d'objet fixe. Mais je redoute l'avenir.

— L'avenir? Vois, ma Ginevra, comme il est beau celui que le Ciel nous a préparé.

Et le comte Enrigo montra à son épouse ses sept fils, brillans de fraîcheur, qui soulevaient les lourdes épées que les chevaliers, pour leur complaire, avaient remises entre leurs mains, et qui, dans leurs jeux enfantins, cherchaient à imiter quelques scènes de tournois dont ils avaient déjà été témoins. Ce fut par le regard le plus tendre que Ginevra remercia son époux de l'art avec lequel il faisait renaître le calme dans son âme.

~~~~~~

Chapitre deuxième.

Quand les nobles dames, qui tenaient les anciennes cours d'amour, avaient prononcé sur les causes soumises à leurs jugemens, je ne sais qui prenait le soin de transmettre à la postérité ces importantes décisions. Il est sûr

que l'on agitait, devant cette res-
pectable assemblée, des questions
dont la solution n'est pas toujours
venue jusqu'à nous. Comment furent décidés un petit nombre de
points relatifs aux amans, nous
le savons peut - être. Mais quel
était alors le code des époux
amoureux, on l'ignore. Le temps
a-t-il détruit cet ouvrage si utile,
si curieux, ou n'exista-t-il jamais?
La recherche en fut, dit-on, entreprise à l'hôtel de Rambouillet,
où de grandes dames, dans un
langage affecté et galant, exprimaient les sentimens les plus na-

turels et les plus vertueux; mais
il fallait sans doute plus d'une
génération persévérant dans les
mêmes travaux et dans le même
esprit, et les grandes dames de
deux siècles qui se suivirent, ne
se ressemblèrent point. Aussi ca-
pricieux qu'un autre, l'amour
conjugal ne logea plus dans les
galeries de marbre, les salons
dorés, les petits cabinets de la-
que; il s'éloigna des temples de
treillis, des grottes de rocail-
les, des sinueux labyrinthes, des
régulières pattes d'oie; et ce fut
blotti derrière un comptoir ou au

fond d'un atelier qu'Armand [1] le
rencontra quelquefois, et le laissa ;
car, dépourvu de grâces, d'élégance, songeant à ses affaires et
réglant ses comptes, il ne pouvait
plus reparaître à la cour. Mais
quand les temps changèrent,
quand tous les Français devinrent
nobles en combattant, ou bour-
geois en trafiquant, que tous cou-
rurent la même carrière, exigè-
rent les mêmes honneurs, aspi-

[1] Duc, maréchal de Richelieu, si célèbre par ses mauvaises mœurs dans le dernier siècle.

rèrent aux mêmes revenus, l'existence de cet amour devint si
problématique, que l'on ne son-
gea plus à savoir quelles lois lui
avaient été imposées par les Aloïse
de Beauffremont , les Briande
d'Agoult , les Huguette de For-
calquier , les Amable de Vence ,
les Phanette de Gantelme , les
Hugonne de Sabran , et autres
belles et judicieuses dames, toutes
compétentes en ces matières.

C'est peut-être à la perte ou à
l'absence d'un recueil aussi précieux que les époux doivent at-

tribuer les refroidissemens, les
ennuis, les humeurs, les querelles dont ils se sont plaints si long-
temps.

Les peuples anciens et moder-
nes, depuis le législateur Moïse
jusqu'à Cambacérès, ne se sont
jamais occupés d'amour à propos
de liens conjugaux ; et l'on pourrait croire que les jurisconsultes
sont tous matérialistes, tant ils
sont restés étrangers aux relations
métaphysiques qui s'établissent
entre les époux.

En attendant que notre siècle,

si lumineux à tant d'égards, fixe
nos idées sur ce sujet, par un
droit écrit, découvert dans de
vieilles archives, ou enfanté, dis-
cuté, promulgué par nos chambres, où la majorité, toujours
généreuse, affranchie de préjugés,
dépouillée d'égoïsme, insatiable
de vérités, donne de la tribune,
en discours élégans, polis, sincè-
res, forts de preuves et de rai-
sons, les lois qui assurent le bonheur des Français, même quelquefois en dépit d'eux; en attendant,
dis-je, que cette majorité vénérable dirige nos opinions et prononce

sur la forme, si elle ne peut trouver le fond, ayons recours à la
tradition , et voyons comment
s'exprimaient, il n'y a que huit
siècles , deux époux qui s'ai-
maient.

Assise sur un banc de verdure,
respirant un air embaumé, Bianca
contemplait, à la lueur de mille
feux de joie allumés par le peuple,
les traits chéris d'Antonio. Elle
écoutait alors sans impatience les
détails de ce voyage, dont le but
était si pieux. Combien elle était
touchée des fatigues qu'avait es-

suyées le bon évêque, et des périls de sa navigation! Antonio les
avait partagés..... Antonio aussi
avait contribué à l'affranchisse-
ment des Corses. Il avait joint ses
prières aux supplications du prélat, et le saint-père avait conçu
tant d'affection pour le jeune
comte, que sachant qu'un amour
aussi passionné qu'il était légitime
l'unissait à Bianca, il l'avait chargé
de remettre à cette princesse un
superbe chapelet d'émeraudes,
béni à son intention, et obtenant
du ciel toutes les indulgences
qu'il peut accorder.

Bianca ne se lassait point de ce récit. Mais Antonio, à son tour, l'interrogea. Bianca ne lui parla que des jeux de ses frères, des pèlerinages qu'elle avait faits avec sa mère, pour que le pape abolît *le droit spirituel,* et de l'impatience qu'elle avait éprouvée, lorsque le vaisseau qui ramenait l'ambassade ayant été signalé, il avait fallu attendre une journée entière l'arrivée de l'évêque à Venaco.....

— Et du seigneur de Tralaveti, dit Antonio, vous ne m'en parlez point?

Bianca rougit.....

— Votre père l'a reçu en mon absence ?.....

— Deux fois seulement Marcello est venu dans ce palais.

— L'insolent ! après avoir aspiré à votre main ! même lorsqu'il connaissait mes sentimens, il ose peut-être encore nourrir des espérances.

— Qui pourrait espérer d'être aimé de votre épouse, Antonio ?

— Ignorez-vous la présomption de Marcello?.....Son château,
bâti sur mes terres, subsiste encore : c'est pour être plus rappro-
ché de vous....... pour profiter
peut-être de quelqu'une de mes
absences, qu'il me dispute un
droit incontestable. Mais, je le
jure, dans peu de jours ce château sera rasé.

— Mon père vous a défendu
cette agression. Vous savez qu'il
ne prononcera sur vos droits que
lorsqu'il en aura lui-même reconnu la justice.

— Et le comte de Corse, oubliant que je suis, comme lui, descendu du grand Colonna, me fera comparaître à côté de Marcello?... C'est le jugement de Dieu que je demanderai... c'est dans le préau de Tralaveti, et non devant un tribunal, que ma cause sera décidée.

— Vous offenserez votre suzerain.

— Je punirai l'homme qui a forcé la comtesse de Cinarca à se réfugier à Venaco ; je punirai l'homme qui vous aime, et que vous ne haïssez point.....

— Juste Ciel!.....

— Votre effroi suffit. Il prouve que vous m'auriez dissimulé la dernière injure que j'ai reçue du seigneur de Tralaveti..... Oui, je le sais, il s'est introduit dans le château de Cinarca..... On l'a vu à vos pieds..... Vous n'avez évité ses poursuites qu'en habitant le palais de votre père.....

—Je le vois, Federici a parlé...

Et vous me condamnerez sur le
récit d'un Sarde?

— Federici est Sarde, mais c'est
un serviteur fidèle. Il ne vous accuse point..... C'est votre silence,
et non le récit de Federici, qui
m'irrite.

— Mon père redoutait votre
violence. Federici aussi avait reçu
l'ordre de se taire.....

— Ma violence, n'ai-je pas su
me contenir jusqu'à ce moment?
Ah! c'était de vous, Bianca, que

je voulais apprendre l'audace de
Marcello : c'était vous qui deviez
m'exciter à la vengeance.....

— Non, non, n'attendez rien
de tel de la fille d'Enrigo.....Mais,
écoutez!..... Les sentinelles viennent de jeter le cri d'alarme.....
encore !..... Grand Dieu ! quel
danger nous menace!

En disant ces mots, Bianca tombe dans les bras d'Antonio, qui la
porte presque évanouie auprès de
Ginevra, que les premiers cris
ont attirée sur les murs, tandis

qu'Enrigo et ses barons ont été
revêtir leurs armures.

Des vaisseaux que l'obscurité
empêchait de reconnaître semblaient vouloir aborder la côte
méridionale, et les vigies, placées
dans les tours qui défendaient l'île
sur tous les points accessibles,
venaient d'allumer les fanaux.
Long-temps occupée par les Sarrasins, et toujours menacée, la
Corse ne devait qu'à une surveil-
lance extrême le repos dont elle
jouissait sous le comte Enrigo.
Aussi, dès que les premiers rayons

du jour permirent de distinguer le croissant d'or qui surmontait le plus fort navire , la plage était-elle déjà couverte de guerriers prêts à combattre. A cette vue , les infidèles poussèrent de grands cris pour s'animer mutuellement, et ne craignant plus de briser leurs chaloupes contre les rochers , dont la nuit rendait l'approche dange-reuse , ils s'avancèrent à travers une grêle de traits. Abdel , leur chef, se tenait sur la proue de son vaisseau , semblant attendre des dangers plus dignes de lui. Sa main gauche était appuyée sur un large cimeterre, de la droite il indiquait le point où devaient débarquer ses soldats..... Une flèche lancée au hasard déchire son gantelet.

« C'est un défi d'Enrigo, dit-il en riant à ceux qui l'entourent, je vais y répondre. »

Et il se précipite dans un canot qui rejoint les chaloupes au moment où, effrayés du nombre de leurs morts, les Sarrasins s'éloignaient du rivage. Mais Abdel n'a jamais reculé. Sa présence fut toujours le gage de la victoire, et les

Sarrasins ne voient plus que le chef qu'ils doivent suivre. Abdel examine la plage : ses yeux d'aigle découvrent un rocher escarpé vers lequel il fait diriger son canot, tandis que les chaloupes retournent à l'attaque. Les Corses abaissent leurs piques, et présentent un mur de fer aux infidèles , qui hésitent , quand un cri redoutable , le cri de guerre d'Abdel , se fait entendre au milieu des Corses..... Montant sur les épaules de ses rameurs , Abdel a escaladé le rocher que l'on croyait défendu par la nature ; et , suivi du seul Murat , il s'est

élancé sur une troupe d'archers
que son cimeterre a bientôt éclair-
cie. Ni Enrigo, ni Antonio ne sont
de ce côté ; ils occupent les bords
les plus accessibles, et pourtant
aucun Infidèle n'a pu encore y
débarquer. Mais les archers, surpris par Abdel, ont fait un mouvement en arrière : ce mouvement
suffit aux Sarrasins pour gagner
la terre. Ils se précipitent en foule
autour de leur chef, et un combat terrible s'engage. Les archers,
revenus de leur surprise, honteux
d'avoir plié sous les coups de
deux hommes, sont animés d'un

nouveau courage, et Abdel lui-
même est étonné de la résistance
qu'on lui oppose; mais la force de
son bras, sa dextérité surmon-
tent tous les obstacles. Enrigo entend se rapprocher le cri de guerre
d'Abdel. Il distingue l'aigrette de
pierreries qui surmonte le casque
du prince sarrasin; il voit luire ses
armes qui dispersent les Corses et
lui frayent un passage jusqu'à leur
souverain..... Dans ce moment,
deux traits frappent à la fois le
jeune Antonio, et le renversent.
Tout couvert du sang de l'époux
de sa fille, Enrigo lève les yeux

vers le ciel, approche de ses lèvres la croix qui forme la poignée
de son épée, et s'élance au-devant
d'Abdel, qui s'étonne d'être prévenu. Pour la première fois un
guerrier seul s'expose aux coups
du redoutable chef des Infidèles,
que sa taille gigantesque, sa cui-
rasse écaillée d'acier bruni et d'argent, la longueur de son cimeterre, font distinguer entre tous
les siens. Le croissant brillant qui
termine son cimier, l'écharpe
verte, signe de parenté avec l'im-
posteur qui fonda l'islamisme, et
dont il entoure son casque, sont

célèbres et évités dans les combats. Quel est le guerrier qui,
se confiant à ses propres forces,
vient, sans être appuyé, s'opposer
à la marche d'Abdel?

« Téméraire! » crie le Sarrasin.

Mais il s'arrête et regarde... La
surprise, car Abdel ne s'avouera
point qu'une terreur secrète s'est
emparée de lui, la surprise qu'il
éprouve excite son indignation!
Il mesure des yeux l'adversaire
qui s'approche, et se trouble en
élevant ses regards, lui qui les

abaissa toujours pour combattre.
« Téméraire ! » veut-il redire ;
mais il est frappé ! Il est frappé ! et
il n'a pas encore porté un coup !
Cette haute stature, ces yeux dont
la flamme s'échappe à travers une
visière de fer qui ne peut en déguiser l'éclat ; ces formes à la fois
athlétiques, nobles et élégantes,
et plus que tout, le mépris du
péril auquel se dévoue celui qui
vient seul s'offrir à ses coups, font
deviner à Abdel *le beau seigneur*,
le légitime et vénéré souverain de
la Corse. Une pensée s'est présen-
tée à l'esprit d'Abdel : il s'est sou-

venu que son père Nugulone a
reçu la mort de la main du père
d'Enrigo. Cette pensée a fui rapidement, et pourtant ce n'est déjà
plus l'ambition ou l'avidité qui
guident le chef des Maures ; c'est
une haine héréditaire, une vengeance personnelle qu'il satisfait;
sa raison, sa prudence, son art
merveilleux dans les combats l'a-
bandonnent; il n'est inspiré que
par la fureur, par l'indignation de
se défendre, lui qui attaqua toujours, et c'est d'une main mal assurée qu'il pare les coups que lui
porte son adversaire.

Les Corses et les Africains sem-
blent obéir à la même impulsion,
et cessent d'agir pour devenir
spectateurs du combat de leurs
chefs. Leurs bras restent armés ;
mais les lances et les épées sont
inclinées vers la terre ; la colère,
l'effroi , la douleur , qui naguère
animaient ces guerriers et multi-
pliaient leurs mouvemens ; toutes
les passions qui dévorent les humains et dévastent la terre, sont
maintenant concentrées dans leurs
yeux ardens , qui comptent , me-
surent, comparent les efforts des
héros dont la lutte terrible sem-

ble devoir décider de la valeur de
chaque peuple et du succès de ses
armes.

~~~~~~

Chapitre troisième.

———

J'ai vu de grandes merveilles : mes yeux ont été éblouis, et mon esprit confondu. J'ai vu la main du temps détruire ce qu'elle avait fait de plus solide : j'ai vu celle de l'homme, étonnante dans sa rapidité, créer et anéantir tout ce

qu'une puissance mortelle renfer-
ma jamais de force, de grandeurs,
de gloire. Majesté des choses pas-
sées, séduction des présentes,
vous n'êtes plus pour moi que de
vains prestiges. J'ai vu amoncelées
les tiares, les couronnes, les mi-
tres; j'ai vu le lin du sacerdoce,
la pourpre du magistrat, l'épée du
courtisan et la frivole parure de
son épouse traînés dans la poussière auprès de ce trophée. Une
femme, les mains teintes de sang,
se tenait à côté, et criait : Je suis
la liberté, en secouant des chaî-
nes. Elle était une illusion nou-

velle, et montrait aux hommes
son triomphe sur d'anciennes illu-
sions. Aux hommes !!! inexplica-
bles créatures, qui se disputent encore ces ornemens mis en pièces,
ces armes brisées, ces étoffes ré-
duites en lambeaux! Aveuglement
stupide, folie barbare, amour de
domination, pouvoir obtenu enfin, qu'es-tu? Répondez, siècles
passés? N'avons-nous pas interro-
gé la cendre de tous ces grands
morts qui nous ont rempli de leurs
noms? Restes glacés que j'écoute
en frémissant, que dites-vous? Ce
qui devait finir méritait-il tant de

soins, de peines, hélas! de crimes? Quoi! ce souverain si ambi-
tieux, ce guerrier si actif, cette
princesse qui conseilla tant de
grandes entreprises, ce prélat si
turbulent, sont muets? Quelle
fut la durée de cette ambition,
de cette activité, de cette tur-
bulence? Et depuis combien de
temps en appréciez-vous les
résultats dans ces froides demeu-
res dont nous vous arrachons?
Votre silence, votre immobilité
m'étonnent...... Grand Dieu!.....
Vous tombez en poussière!!!
C'est répondre. Mais toi, mon

siècle, tu parleras? Tu es de-
bout, plein de vie? Tu me ra-
conteras bien mieux que les temps
écoulés, comment les trônes s'é-
lèvent et s'abaissent, comment les
puissances s'écroulent, comment
les peuples, semblables aux dis-
ques lancés par des bras vigou-
reux et agiles, passent sous des
jougs si divers et servent alternativement aux jeux ou aux suppli-
ces de leurs princes? Tu me racon-
teras, ô mon siècle, tes batailles
et tes victoires dont l'univers a re-
tenti. Où sont donc les États que
tu as conquis, et les dépouilles des

nnemis que tu as domptés ? J'ai
ourtant vu de mes yeux ces
oyaumes, cet or, ces pierreries,
es vases précieux, ces trésors de
a nature et de l'art, prix de ta
aillance et de ton sang ! J'ai vu
e mes yeux un chef superbe,
ne armée innombrable..... Ainsi
ue des fleurs qui paraient l'aman-
ier précoce, le vent du Nord a-
-il dispersé les phalanges triom-
hantes, arrêté dans sa course
lorieuse le héros qui les guidait?
t les royaumes, et les trésors,
t celui qui en était insatiable,
nt disparu ; et mille voix se sont

élevées, et le vainqueur de tous a
été déclaré sans courage ; et l'homme se repose sur sa force et sur
la renommée..... Il désire, il s'a-
gite encore devant des ruines, là
où naguère il admirait tant de ma-
gnificence et de splendeur ; sur
des pieds qui chancellent, il com-
bine une autorité limitée ; placé à
l'entrée d'un sépulcre, il médite
son oraison funèbre, et rêve les
éloges dont son nom sera salué
dans les temps futurs... Ce ne sont
plus des récits, qu'il peut appeler mensongers, qui l'instruisent :
ce sont des catastrophes dont il

fut le témoin, peut-être l'artisan,
qui lui révèlent sa destination. Qu'il
est petit le cercle qu'il doit par-
courir ! Qu'elles doivent être simples les actions de celui dont les
jours sont comptés ! Et n'est-il
pas un juste emblême de l'homme,
cet insecte [1] qui semble n'avoir été
créé que pour donner l'existence
à un être si différent de lui-même.
Le premier, obscur, rampant, la-
borieux dans l'ombre, utile ou
nuisible sans bruit, s'enveloppant

[1]   Noi siam vermi
Nati a far l'angelica farfalla.

DANTE.

d'un réseau épais comme pour dérober encore mieux les secrets de
sa vie : le second brillant de couleurs éclatantes , recherchant la
lumière, affranchi de tous besoins,
et libre comme l'air où il agite ses
ailes. Ah! si voulant se borner à
la carrière qui lui fut tracée,
l'homme chrétien voulait enfin
être humble! s'il voulait être juste! lui faudrait-il renoncer à la
gloire qu'il aime ? Ces chants, ces
instrumens guerriers , qui le font
tressaillir dans les langes de l'enfance , et qu'appuyé sur un bâton
qui le soutient à peine, le vieil-

lard n'entend point sans émotions,
ces sons belliqueux ne résonne-
raient-ils plus à son oreille? Est-
elle terminée l'ancienne, la sainte
querelle? N'est-il pas un coin de
la terre où s'élève l'étendard qui
guidait les Montmorency, les Châ-
tillon, les Adhémars, les Coucy,
ces seigneurs bannerets, qui, tel
qu'un Savonnière ou un Varicourt,
ont transmis de race en race à leurs
derniers fils la valeur et la fidélité?
Où s'élève l'étendard de la croix ¹?

¹ L'Europa è in arme, e di far guerra agogna
In ogni parte fuor che ove bisogna.
ORLANDO.

C'est là que vous devez courir, nations régénérées : c'est là que vous crierez : Dieu et la liberté!!! Là où le sang d'un Dieu coula pour l'homme, l'homme le renie. Disciples d'un Dieu sauveur, là où vous guérissiez les infirmes, nourrissiez les pauvres, consoliez les affligés, faisiez tant de miracles d'amour, une race infernale est apparue. La dévastation, la misère, l'esclavage, sont ses premiers forfaits : avide de carnage et jamais repue, son bras est las d'exterminer, et sa bouche vocifère encore. Hordes réprouvées, quelles

victimes immolez-vous! Des chrétiens. Quelle enseigne abattez-
vous? La croix. Qui fut renfermé
dans ce tombeau que vous profa-
nez? Le Christ. Détruisez-vous,
peuples que les mêmes eaux jus-
tifièrent, et qu'un même sacrifice
réunit. Détruisez les temples vi-
vans du Seigneur, Moloch en vien-
dra bientôt abattre les autels. Il
est ressuscité; il dévore l'Orient.
O Dieu de saint Louis et de Ri-
chard, êtes-vous le Dieu des ar-
mées de ces chrétiens qui s'entr'é-
gorgent? Et faut-il qu'expirant
sous le glaive d'un frère, le soldat

invoque contre lui votre vengeance? et le chrétien est-il donc
le seul holocauste que le chrétien
doive offrir à votre colère? Il est
renversé, le dernier rempart de la
religion; ce dernier asile d'une
piété valeureuse. Les eaux de la
mer devaient engloutir la terre
qu'ils habitaient, avant que nous
vissions ces nobles chevaliers dis-
persés..... Mais qui peut sonder
l'éternelle justice! La profonde sagesse! l'immense charité! J'essuie
des larmes que l'amour de la religion, de la liberté, et quelques
souvenirs de patrie et de gloire

m'ont arrachées , et je reviens à
ces temps oubliés, où le plus brave
guerrier, portant une large croix
sur sa poitrine, s'honorait de rap-
porter à sa croyance les victoires
qu'il remportait.

Un silence profond régnait autour d'Enrigo et d'Abdel, et n'é-
tait interrompu que par le bruit
des pièces de leur armure qui se
brisait et jaillissait en éclats sous
les coups redoublés qu'ils se portaient. Les plus vieux soldats ne
pouvaient encore craindre ou espérer pour leurs chefs, tant le cou-

rage, l'adresse, la force semblaient
leur avoir été également départis.
Plus occupé d'attaquer que de se
défendre, chacun frappait son adversaire et en était frappé. Le bouclier d'Enrigo, fendu dans sa longueur, n'offrait plus qu'une étroite
surface; son cimier à moitié détaché de son casque, ne soutenait
plus les hautes plumes bleues dont
il était orné; leurs légers débris
étaient à terre près de la brillante
aigrette et du croissant arrachés
au casque d'Abdel; le chef sarrasin avait conservé son bouclier,
mais les courrois qui attachaient

ses brassards venaient de se rom-
pre, et son bras droit n'était plus
entouré que d'une étoffe fine et
transparente, qui bientôt déchirée
le montra nu jusqu'au coude. A
cette vue les Sarrasins parurent
s'émouvoir : les Corses demeurèrent immobiles, plus inquiets du
péril de leur souverain, que jaloux
de la gloire qu'il acquérait.

Tout-à-coup un cri simultané
part d'un des bataillons corses :
le ciel se déclare ! la croix ! la croix !
répètent mille bouches, la croix
est pour nous ! Des instrumens in-

connus font retentir un air belliqueux, et le corps d'archers d'où
partirent les acclamations s'entr'ouvre; cent chevaliers, revêtus
d'armures dorées , portant sur
leurs épaules et sur leurs écus
une croix verte, s'avancent. Ils
entourent un étendard blanc, au
milieu duquel est brodé le signe
sacré que supporte un aigle noir
d'une forme bizarre et mons-
trueuse [1]. Le comte Enrigo recon-

---

[1] L'Allamani expliqua en vers cette
forme étrange :

Aquila griffagna,
Che per più divorar due becchi porti.

naîtrait cette auguste enseigne ;
mais elle paraît pour la première
fois aux yeux de ses sujets
étonnés, et ils croient d'abord
qu'un miracle s'opère en cet instant pour eux. Cette brillante
troupe est conduite par un chef
dont la visière levée laisse distinguer le visage ; la délicatesse de
ses traits atteste son extrême jeunesse, et une pâleur excessive
rend plus remarquable encore son
air enfantin et soucieux à la fois.
Sa taille est élégante, mais elle
semble se courber vers la terre,
quand elle vient à peine d'attein-

dre la hauteur que lui destinait la nature, et c'est plus à son adresse qu'à sa force qu'il doit la grâce avec laquelle il manie la pique dont est armé son bras. Les guerriers qui le suivent ont, ainsi que lui, la figure découverte; leurs teints blancs et qu'anime le plus vif coloris, leurs yeux azurés, leurs cheveux blonds qui s'échappent en boucles autour de leurs casques, une expression nouvelle et étrangère répandue sur leur physionomie, tout concourt à fortifier l'erreur des Corses : c'est sous de semblables formes qu'ap-

parurent toujours aux hommes les
guerriers de l'armée céleste : ce
sont des anges qui viennent repousser les idolâtres, et secourir
le plus pieux des princes..... Ces
paroles sont redites par chaque
soldat, tandis que leurs nouveaux
compagnons se placent en demi-
cercle autour d'Enrigo et d'Abdel,
que rien n'a pu distraire de leur
fureur. Nul son n'est parvenu
jusqu'à leur oreille, et nul objet
n'a attiré leurs regards. Chacun
est tout entier à l'ennemi qu'il
combat. Le casque d'Enrigo vient
d'être brisé, il roule loin de lui ;

Abdel croit sa victoire assurée : il
va frapper sur la tête de son adversaire, qui n'est plus défendue
que par une épaisse chevelure ;
le bras de l'infidèle est levé.....
l'épée d'Enrigo s'abaisse rapidement sur ce bras nu , dont le sang
jaillit avec violence, la main droite
d'Abdel vient d'être abattue. Elle
est tombée avec le cimeterre du
Sarrasin dont elle n'est point détachée..... A cette vue les barbares poussent un cri d'horreur, et
courent vers leurs chefs ; deux
d'entre eux le soutiennent et l'en-
traînent, les autres fondent sur

les Corses. Un combat général
s'engage ; les chevaliers inconnus
ont baissé leurs visières , et , s'é-
lançant dans la mêlée, étonnent
le peuple insulaire dont la bra-
voure est si vantée, par les plus
glorieux faits d'armes. L'étendard
de la croix voit partout fuir les
Infidèles qui n'ont plus de chef ;
car la honte de sa défaite , la douleur de sa blessure , la perte de
son sang ont donné à l'évanouis-
sement d'Abdel toutes les appa-
rences de la mort ; il est déjà
porté sur son vaisseau , où l'on
s'empresse de le ranimer, et ses

lieutenans ne songent qu'à rame-
ner vers leurs embarcations les
Sarrasins qui reconnaissent à
peine leurs voix, et dont les yeux
troublés cherchent le rivage qu'ils
croient n'atteindre jamais. Ils y
sont rappelés par leurs trombes
qui sonnent la retraite, et courent s'y réunir; mais quoiqu'ils
se pressent et s'entassent tout
sanglans et en désordre dans les
barques, qui, peu d'heures auparavant, les apportèrent, les Corses les poursuivent encore. La
prudence ne guide pas leur courage; ils ne cèdent qu'à la colère,

et plus d'un insulaire disparaît
dans les eaux où il a cru atteindre son ennemi fuyant.

« Épargnez [1] les vaincus, » crie
une voix toujours respectée des
Corses.

Obéissant à cet ordre de leur
comte, ils s'arrêtent ; et laissant
éloigner les barques des Infidèles,
ils reviennent se presser autour
d'Enrigo, qui, un genou en terre,

[1] Paroles du grand Annibal, après la
bataille de Cannes.

baise respectueusement la main
du jeune chef des chevaliers inconnus. A cet hommage les barons corses devinent qu'un grand
souverain est venu visiter leur
seigneur. Les vassaux s'étonnent
et s'affligent presque de n'avoir
plus à rendre grâces au ciel d'une
assistance merveilleuse, quand ils
entendent Enrigo se féliciter d'a-
voir repoussé les barbares par le
secours de l'auguste empereur
d'Occident.

« La gloire en est à Dieu, comte
Enrigo, répond le gracieux Othon,

et à la valeur dont vous avez donné un exemple si bien imité. Pour nous, qui avons traversé tant de pays pour aller chercher les Infidèles, nous regardons comme la première récompense de nos travaux l'honneur de les avoir combattus aujourd'hui comme alliés du prince chrétien le plus renommé par ses vertus. La Providence avait ses projets, ajoute Othon en soupirant, et s'est plu à déjouer les nôtres. Nous adressions depuis trois jours les plus ferventes prières au ciel pour obtenir un vent favorable, et celui qui nous faisait aborder dans cette île, hâtait le moment qui commence notre réconciliation avec ce ciel trop justement irrité.»

A peine le comte entendit-il ces paroles, qui furent prononcées à voix basse par l'empereur, dont les yeux restèrent un moment baissés vers la terre.....; mais les relevant bientôt, et rejetant fièrement la tête en arrière comme si ce mouvement dût le délivrer d'une pensée insupportable.

« Comte Enrigo, reprit-il, je vous demande l'hospitalité pour moi et pour ces chevaliers, élite de ma noblesse. Ainsi qu'eux, j'oubliai les fatigues de notre long voyage quand je combattais avec vous; maintenant je sens le besoin du repos; et peut-être, continua Othon avec un sourire, si ce motif vous paraît peu digne de guerriers destinés à tenter des aventures aussi pénibles que périlleuses, peut-être excuserez-vous notre empressement, si je vous avoue qu'il a d'abord pour but l'honneur de saluer la comtesse Ginevra. »

Ce nom, qui rappelait à Enri-

go les douces et habituelles affec-
tions de son âme , ramena sa
pensée sur l'époux de sa fille ché-
rie , le comte Antonio , qu'il avait
vu emporter hors de la mêlée , au
moment où , pour le venger , il
s'était avancé au-delà des rangs ,
et avait engagé Abdel dans un
combat singulier , qui l'avait dis-
trait de la situation d'Antonio ; et
quand après avoir mis en fuite les
Sarrasins , le comte de Corse reconnut , sous l'habit d'un simple
chevalier qui venait d'obéir à ses
ordres , le plus puissant souverain
de l'Europe , une surprise inex-

primable , une vive reconnaissance augmentèrent le trouble de
ses esprits déjà agités par les fatigues et les dangers de cette
journée. Enrigo admira l'aisance
des manières d'Othon , et s'étonna
d'entendre sur un champ de bataille le langage de la galanterie.
Peu familiarisé avec de semblables
scènes, c'était la paix et les biens
qu'elle procure qui avaient toujours été le sujet de ses méditations ; et si , faible comme tous
les hommes, son imagination l'a-
vait quelquefois égaré dans le
brillant domaine des conceptions

idéales que la raison désapprouve,
et que l'expérience anéantit, c'é-
tait le bonheur de son peuple entier que le souverain des Corses
avait rêvé ; tandis qu'Othon, dé-
daignant jusqu'alors le titre de
pacifique, aurait rougi d'une gloire
paisible, et n'avait cherché qu'à
multiplier les occasions de paraître sur le théâtre sanglant où devait s'apprécier les seuls exploits
qui tentassent son ambition, et
sur lequel les yeux d'Enrigo ne
pouvaient s'arrêter sans être bai-
gnés de larmes. Partagé entre le
regret de ne point s'assurer des

secours que l'on allait donner à
ses sujets blessés, et l'obligation
de répondre au désir que venait
d'exprimer l'empereur , d'être
conduit au palais de Venaco, Enrigo se disposa lentement à rem-
plir les devoirs que lui imposait
l'hospitalité; et si le rang suprême
d'Othon ne lui en eût fait une loi,
il eût confié à ses barons un semblable soin, et n'aurait point quitté, à l'heure des souffrances, les
compagnons de ses périls et de sa
victoire. Mais un spectacle inat-
tendu vint calmer les inquiétudes
de cette âme vraiment digne d'a-

nimer un des tout-puissans de la
terre. Le comte de Corse vit l'é-
vêque d'Aleria, suivi de son clergé
et des religieux des monastères
voisins, qui s'acheminaient vers la
plage où gissaient alors les Corses
et leurs ennemis, ne luttant plus
que contre les douleurs et la mort,
que beaucoup d'entre eux avaient
déjà cessé de redouter. L'évêque
et la sainte cohorte qui l'accompa-
gnait portaient des brancards, des
pièces de lin et d'étoffe, et des vases remplis de boissons fortifian-
tes. Les prêtres s'inclinèrent devant le noble cortége qui entourait

Othon et criait enivré : Vive l'empereur d'Occident ! Mais ils ne s'arrêtèrent point ; une autre majesté exigeait leurs hommages, d'autres devoirs leur étaient imposés (*b*).

Chapitre quatrième.

———

Quand un voyageur, après
avoir suivi péniblement le sentier
escarpé qui le conduit sur le haut
de la montagne où il s'est promis
de prendre quelque repos, arrive
enfin à ce but désiré, qu'il s'assied sur un quartier de roc ou sur

L'Evêque d'Aléria et son clergé
portent des secours aux blessés. ch. 4.

le tronc d'un vieux melèze renversé par la foudre; quand il a
essuyé la sueur qui baignait son
front, caressé le chien fidèle qui
s'est couché à ses pieds, haletant
encore en regardant son maître;
et que, jetant les yeux autour de
lui, il voit s'étendre jusqu'à l'horizon une plaine immense couverte de céréales qui offrent une
moisson abondante et variée, et
qu'entre ces moissons jaunissantes
il découvre des prairies où la vé-
gétation, remplie de vigueur et
sans cesse renaissante, parsème
de fleurs nuancées de pourpre et

d'azur, ou brillantes comme de l'or poli, un gazon que mille ruisseaux rafraîchissent ; le voyageur alors, à la sensation si douce qui se fait ressentir dans ses membres délassés , joint le charme de la contemplation ; une double volupté s'empare de son être ; un mystérieux lien semble rendre son corps sensible à des jouissances intellectuelles, et il ne sait si son âme est demeurée étrangère au plaisir de voir des couleurs et des formes, d'entendre des sons, de respirer des parfums..... Il admire l'art divin qui le forma doué

de facultés si dissemblables et si
concordantes, et il rend grâces à
celui qui créa l'homme et les merveilles dont il est entouré. Toutes
les richesses de la nature sont
contenues dans ces lieux que ses
yeux parcourent ; tous les besoins
de l'homme seront satisfaits par
les productions dont ce sol fertile
semble prodigue, et l'Être tout-
puissant qui réunit les atomes
dont cette surface est composée,
et l'être faible qui la cultive, re-
çoivent chacun ses hommages. Son
imagination ne lui représente que
des scènes d'abondance, de jeux

champêtres , d'innocentes joies ,
de pieuse reconnaissance..... Ex-
tase délicieuse ! ! ! Hélas ! qu'il se
presse , cet heureux voyageur ,
qu'il se hâte de reprendre sa
course ; que de nouveaux travaux,
de nouvelles fatigues épuisent encore une fois son corps , et qu'occupé de soins vulgaires , son esprit
soit détourné de la sublime méditation qu'un instant allait trans-
former en souvenirs amers.....
Encore une pensée, et il se rappelait que cette terre fut le théâtre d'une guerre injuste , d'une
fuite honteuse , d'une impitoyable

victoire, d'une trahison exécrable. Dès qu'un espace se présente à ses yeux, l'homme peut le
nommer le champ du sang. Qu'il
s'épargne l'effort de chercher dans
sa mémoire quels vieux peuples
envoyèrent là les plus braves, les
plus dignes d'entre eux chercher
une sépulture. Plaines de Provence, champs catalauniques et
de Tours, vastes tombeaux entre
tous ceux que se creusèrent les
humains, vous avez dévoré les
dépouilles qu'ils vous confièrent !
Mais où croît-il une moisson qui
ne recouvre un sol fraîchement

inondé de sang ? où l'homme de
ce siècle ne s'est-il point armé
contre l'homme ?. où le Français
posera-t-il son pied sans fouler la
cendre d'un Français? Les sables
brûlans du désert consument les
restes de nos fils, et sous les nei-
ges du Nord, comme sous un vaste
linceul, nos frères sont ensevelis...
Encore s'il fallait chercher la trace
de nos désastres sur des terres
étrangères !!! Éloigne-toi, voyageur : ce champ peut-être est
celui de Waterloo..... C'est là que
les Français meurent. ... Mais si
tu ne fuis point; si, aux rians ta-

bleaux que tu contemplais, ton imagination fait succéder les scènes qui naguères désolaient ces beaux lieux; si tu crois voir la fureur, la haine, le désespoir se peignant sur le visage d'hommes qui se poursuivent, s'atteignent, se frappent, se renversent ; si tu crois entendre le bruit formidable des projectiles, les ordres inhumains des chefs, les cris des combattans, les plaintes aiguës des blessés ou leurs gémissemens étouffés ; si tu te représentes ces chairs meurtries, ces os brisés, ces corps déchirés, qui n'ont plus

que la force de souffrir ; les angoisses des mourans, l'abattement
des vaincus , les insultes des vain-
queurs , l'affreuse démence de
tous...., ne laisse point égarer ton
esprit ; que ta bouche, qui vient
de louer l'auteur de la nature
et ses œuvres , n'emploie pas
un nouveau langage; ne maudis
point : les hommes seront récon-
ciliés, les blessures guéries , les
pleurs essuyés....; la charité subsiste.

Le vieil évêque d'Aleria a re-
trouvé la force et la souplesse de

ses jeunes années ; il parcourt en tous sens la plage où les guerriers des deux nations ont perdu, avec leur sang, le sentiment de leur querelle. Il s'incline vers ceux qui ne peuvent l'implorer que par un regard, aide les moins souffrans à panser leurs blessures, en dépose d'autres sur des brancards, et semble se multiplier pour les soulager tous. Les Sarrasins ne comprennent point les douces paroles qu'il leur adresse, mais comprennent le langage de ses yeux humides tournés vers eux, le tremblement de ses bras émus

quand il les soutient, les sou-
pirs qui s'échappent de sa poitrine lorsqu'ils y reposent. On
dirait que plus de zèle l'anime encore quand il s'agit de secourir un
infidèle; il paraît craindre qu'une
erreur n'abuse les austères céno-
bites qui l'accompagnent, et qu'ils
n'oublient, dans la plus sainte des
fonctions que leur impose la religion qu'ils professent, l'exemple
de son divin fondateur.

« Vos frères les Sarrasins vous
appellent, leur dit-il d'une voix
forte; craignez-vous encore leurs

cimeterres, que vous n'en approchez point? »

Le nom de *frères* révèle aux religieux l'étendue de leurs devoirs ; celui de *crainte* agit puissamment sur des âmes corses ; et bientôt, grâces à la piété du sensible prélat, les chrétiens et les musulmans ont trouvé des asiles où les soins les plus touchans leur sont prodigués.

Rassuré par la vue de l'évêque dont il connaît l'activité et les angéliques vertus, Enrigo n'est plus

occupé qu'à recevoir l'hôte auguste
qui vient de lui donner de si hono-
rables preuves d'amitié. Malgré le
désordre qu'entraîna la descente
des Sarrasins et les efforts des Corses surpris pour les repousser, le
palais de Venaco, encore orné pour
la fête que l'on y célébrait la
veille, parut aux Allemands digne de leur empereur. La comtesse, entourée de sa nombreuse
famille, exprima avec tant de sim-
plicité, de grâces et de douceur,
sa reconnaissance envers Othon
et sa suite, que ce dernier, se
tournant vers Enrigo, lui dit :

« Je veux mériter les remercî-
mens d'une si noble dame ; comte
souverain, un souverain seul a le
droit de vous conférer l'ordre de
la chevalerie, que tant de princes vont solliciter hors de leurs
États ; c'est moi qui demande à
vous revêtir de cette dignité, et
je tiendrai à honneur que l'on dise
un jour : l'empereur d'Occident
apporta l'épée de chevalier au
comte des Corses, et la lui vit mériter sur le champ de bataille. » (c)

Ces paroles excitèrent les acclamations des barons d'Enrigo.

« Oui, continua Othon, et cette même épée , dans mes mains , créera aussi chevaliers ceux d'entre les Corses qui ont été les plus heureux aujourd'hui , je n'oserais dire les plus braves. »

De nouveaux cris d'allégresse firent retentir les longues galeries du palais , et les voûtes inférieures que les soldats et le peuple remplissaient, et Othon reconnut que la gloire d'un bon prince devient la joie de ses sujets.

Dès qu'Othon eut été conduit

dans l'appartement le plus magnifique du palais, ceux de sa suite
qui ne purent y trouver place,
furent sollicités par les habitans
de tous les rangs d'accepter l'hospitalité. Chaque Corse était jaloux
d'exercer une vertu qui lui fut
toujours chère, et les tentes, élevées dans le préau par les ordres
d'Enrigo, demeurèrent vides.

Pour exciter la générosité de ce
peuple, le titre d'étranger suffi-
sait. Les Allemands, qui venaient
d'y joindre celui de compagnons
d'armes, crurent rentrer dans

leurs foyers , quand ils virent
l'empressement et la bienveillance
avec laquelle la famille de leurs
hôtes les entourait, et combien la
sincérité des offres donnait de
prix à tout ce qu'on leur présentait. Plus d'un des guerriers d'O-
thon sentit ses yeux se mouiller
de larmes en recevant les caresses
des jeunes fils des Corses ; et leur
importance enfantine, en le ser-
vant , lui rappela les soins dont
son épouse avait quelquefois chargé son premier-né.

Les Corses avaient peu souffert

de la tentative des Sarrasins, et
l'évêque d'Aleria, en recueillant
les blessés, avait attiré auprès de
lui leurs familles. Ce n'était que
dans le lieu où il les avait réunis
que l'on ne célébrait point, par
des chants et de joyeux propos,
la victoire du jour et le passage
d'Othon; pour ceux des insulaires
dont les parens ne gémissaient
pas dans le monastère devenu,
par la charité du prélat, l'asile de
toutes les douleurs, un combat
et de nouveaux hôtes étaient le
sujet d'une double fête; et loin
d'éprouver le besoin du repos,

les Corses et les Allemands, après avoir réparé leurs forces par un repas abondant, prolongèrent long-temps avant dans la nuit une veille dont les étrangers firent le charme, par le récit des aventures qui rendaient déjà leur pèlerinage si intéressant, et le détail des merveilles qui allaient éblouir leurs yeux en Asie, des dangers qu'il leur faudrait braver, anima souvent la figure des jeunes insulaires de l'expression d'un désir qui fit regretter à plus d'une mère d'avoir vanté à son fils l'instruction acquise dans les contrées loin-

taines, et le courage qui fait mé-
priser la mort.

Mais tandis que ses sujets et
ceux de l'empereur cimentaient,
par la plus douce intimité, une
alliance contractée dans des circonstances si peu communes, Enrigo pouvait enfin, auprès du lit
d'Antonio, satisfaire un bonheur
trop long-temps différé d'embrasser sa fille, qui se refusait à croire
que la faiblesse d'Antonio n'était
point alarmante, et que le sang
qu'il avait perdu causait seul un
mal si promptement réparé dans
la jeunesse.

« Oh! disait Bianca à voix basse à son père, savez-vous combien elles sont amères mes larmes? savez-vous que j'ai vu ce visage si pâle, si peu expressif maintenant, animé de colère contre moi? Oui, j'ai déplu à Antonio, et un instant il a cru que ma pensée s'était arrêtée sur un autre que lui. Il ne peut me parler; et les derniers mots qu'il me dit furent des reproches! Ses yeux ne s'ouvrent plus, et la dernière fois qu'ils se fixèrent sur moi, ils étaient irrités! N'est-ce pas là, mon père, le plus sinistre des

présages? Quel malheur me reste
à redouter, quand j'ai perdu l'a-
mour d'Antonio, si ce n'est de le
perdre lui-même!.... »

La voix de Bianca s'éteignit entièrement en achevant ces mots,
et la tête penchée sur ses mains
jointes, elle recommença à pleu-
rer. Son père sourit de l'exaltation de cette douleur qui partici-
pait encore un peu de la violence
des émotions enfantines; il avait
été rassuré par le savant Guido
qui avait appris l'art de la méde-
cine à la cour des califes, où l'es-

poir d'une brillante fortune n'a-
vait pu l'arrêter. Guido était re-
venu consacrer ses lumières aux
habitans de cette terre alors si
heureuse et où il avait pris nais-
sance. Une montagne, un rocher
de la Corse, qui lui rappelaient le
souvenir d'un jeu de ses premières
années, avaient plus de charmes
à ses yeux que les palais de Bag-
dad, où l'on ne savait ce que l'on
admirait le plus, de la hardiesse
et de l'élégance de l'architecture,
du choix des matériaux et de la
profusion des ornemens. Guido
avait préféré le service du comte

de Corse, chef adoré d'un petit peuple libre, à la faveur du plus puissant despote qui donnât alors le nom de sujets à d'innombrables esclaves ; et son cœur était moins séduit par les grâces et les talens variés des célèbres courtisannes de l'Orient, que par la naïveté d'une jeune insulaire, qui, dans sa langue maternelle, invoquait la chaste Marie, ou célébrait dans un cantique l'austérité et le courage d'une vierge martyre. Tel était Guido, qui ne séparait point l'étude des sciences de l'amour de la vertu, et qui croyait que c'était peu de conserver la vie aux hommes, si par de sages préceptes et de pieux exemples on ne leur en apprenait le but ¹. Un si noble caractère, tant de connaissances, qu'un maintien modeste rehaussait encore, avaient fait de Guido l'ami d'Enrigo, et ce fut en sa présence que ce dernier apprit de Bianca comment son époux, instruit par les rapports de Federici, un de ses serviteurs,

¹ L'office d'un médecin, disait Platon, (in Cratillo) s'étend également à purifier l'âme et le corps.

de l'insolente tentative du seigneur
de Tralaveto , avait témoigné la
veille son mécontentement peu de
temps après son arrivée , et se
plaignait encore de l'indulgence
du comte de Corse envers un an-
cien rival , quand il avait quitté
son épouse pour courir repousser
les Sarrasins. Si Antonio Fortè
n'eût point été l'époux de la fille
du comte de Corse , depuis long-
temps ce dernier eût condamné
Marcello comme usurpateur du
territoire sur lequel il avait fait
élever le château qu'il eut l'audace d'appeler du nom de sa fa-

mille *Tralaveti*. Mais Enrigo avait
déjà été obligé d'humilier Marcello en lui refusant la main de
Bianca, qui s'était déclarée en faveur du seigneur de Cinarca ; et
il hésitait à l'imiter de nouveau,
en exigeant qu'il abattît cette ha-
bitation, une des plus belles entre
celles que les barons de Corse
avaient élevées sur leurs terres,
depuis que la venue des Colonna
en multipliant les relations avec
Rome, avait donné aux insulaires
de nouvelles idées de luxe et d'in-
dustrie. Tant de modération en-
hardit Marcello : il était jeune,

beau, riche; la vanité l'abusa; il crut que le comte de Corse avait obligé sa fille à épouser un seigneur descendant, comme lui, du grand Ugo, et que si Bianca eût été maîtresse de son choix, il fût tombé sur lui; il se persuada que c'était aux sollicitations de Bianca qu'Enrigo avait cédé, en différant de prononcer entre le seigneur de Cinarca et lui. Federici, qu'il avait gagné, l'entretint dans cette illusion, pour en obtenir chaque jour de nouvelles récompenses; et ce fut ce traître qui l'introduisit dans le château de Cinarca pen-

dant qu'Antonio était à Rome.
L'étonnement de Bianca, en voyant
Marcello à ses pieds, sa fuite dès
les premiers mots qu'il prononça,
ne l'éclairèrent point ; il attribua
tout à l'effroi d'une surprise inat-
tendue , et lorsque cette jeune
femme se fut retirée dans le palais
de Venaco, Federici sut encore
persuader au seigneur de Tralaveti qu'elle obéissait aux ordres de
son père, et gémissait d'être sous-
traite à une audace qui, d'accord
avec ses sentimens secrets, lui laissait, aux yeux même d'un amant,
la grâce de n'avoir accordé qu'à la

violence les faveurs dont elle voulait combler l'amour.

Ainsi trompé , Marcello haïssait
le père de Bianca à l'égal de son
époux ; il se répétait souvent que
les barons corses avaient trop ré-
compensé les services qu'Ugo Colonna avait rendus à leur patrie ,
en l'en reconnaissant souverain. Il
oubliait la domination des rois
sarrasins en Corse ; les biens d'Ugo
consacrés à leur faire la guerre ;
son sang versé sur ce sol qu'il
adoptait ainsi pour patrie ; ce peuple rendu libre , qui avait si vo-

lontairement reconnu un conci-
toyen dans le plus brave guerrier,
et donné le nom de *prince* au chef
militaire qui l'avait si souvent fait
triompher de ses ennemis. Marcello ne voulait voir que la puissance souveraine de la famille Colonna; il méconnaissait ses vertus,
ses bienfaits, la sagesse et les talens
que chaque comte semblait avoir
transmis, depuis sept générations,
au fils qui devait lui succéder; enfin il se croyait affranchi de tout
devoir envers Enrigo, son suzerain, quand, dominé par l'envie
et l'ingratitude, il l'avait, dans sa

pensée , flétri du nom d'étranger.....

Après avoir écouté les plaintes
de sa fille et calmé ses inquiétudes , le comte de Corse la laissa
veiller auprès du lit d'Antonio ,
que le sage Guido ne quittait
point , et alla donner des ordres,
afin que le préau fût dès l'aurore
préparé pour l'auguste cérémonie
que l'empereur devait y célébrer
le lendemain , avant de continuer
son voyage, qu'il ne pouvait poursuivre que bien long-temps après
le coucher du soleil , quand la brise

de terre s'élevant seconderait les
efforts des matelots pour faire sortir son vaisseau de l'immense rade
d'Alista, où les vents contraires
l'avaient forcé de jeter l'ancre. On
ne pouvait employer que peu
d'heures aux préparatifs de cette
fête religieuse et militaire; mais
la dignité d'Othon et celle du
comte de Corse, qui devait le premier être créé chevalier, suffisaient
pour rendre ce spectacle aussi majestueux qu'il était intéressant;
et malgré la précipitation avec laquelle les insulaires furent obli-
gés de disposer le préau, ils su-

rent encore lui donner un aspect
de pompe agreste et sauvage qui
charma, par sa nouveauté, les
yeux des Allemands. De hauts
pins, dont les têtes étaient cou-
ronnées de verdure, furent arrachés des forêts environnant Venaco, et disposés circulairement
autour d'une lice couverte du sable le plus fin; à leurs troncs,
semblables à des colonnes brunes,
furent attachés, par des écharpes
de pourpre, des armures d'acier
poli. Autour des cuirasses, on
avait disposé les épées, les poi-
gnards, les boucliers; et des cas-

ques, ornés de longues plumes
de diverses couleurs, surmon-
taient chaque trophée. Des festons
de fougère, d'un vert clair et trans-
parent, se rattachaient à de longs
festons de pampre dont on n'avait
point détaché les fruits, et formaient entre les arbres une drape-
rie que soutenaient à de courts
intervalles des lances brillantes.
Le siége d'Othon, élevé sur cinq
marches de porphyre et de jaspe
tirés des carrières de l'île, était
incrusté d'agates trouvées dans
le Tavignano, et de corail arraché
aux rochers de Romanello ; et l'é-

tendard impérial brillait à l'extré-
mité de l'enceinte, au-dessus d'un
faisceau d'enseignes enlevées aux
infidèles.

Mais si les nobles barons d'Enrigo attendent avec impatience le
moment de reparaître devant le
monarque qui partagea leurs travaux de la veille, et va les en récompenser, un de leurs pairs
veille aussi, non agité par la douce
émotion de voir son nom recevoir
une illustration nouvelle et ses
armoiries chargées d'une pièce honorable de plus, mais tourmenté

par la haine qui succède dans son
cœur à un amour illégitime, et à
une coupable espérance déçue.
Tralaveti, qui s'est avancé lentement à la tête de ses hommes d'armes, n'est arrivé, selon son désir,
dans les environs de Venaco, que
lorsque ses secours sont devenus
inutiles, et que les Sarrasins ont
été repoussés. Obligé, sous peine
d'être accusé de félonie, de se
rendre auprès de son suzerain dès
que les signaux annoncent la présence de l'ennemi, Marcello a
obéi; mais par une marche adroite,
il a trompé le zèle de sa troupe,

et laissé écouler un temps que les
infidèles emploieront peut-être à
le délivrer d'un rival heureux et
d'un maître abhorré........ Tels
étaient les souhaits que formait le
cœur corrompu du seigneur de
Tralaveti, quand il vit rentrer
victorieux, dans les murs de Venaco, le comte de Corse et ses fi-
dèles sujets. Il fit dresser ses tentes peu loin du château, et malgré la honte dont cette journée
venait de le couvrir, il ne craignit
point, fier de son nom et de son
rang, de se trouver avec les autres barons dans la galerie où

l'empereur daigna recevoir les hommages de la noblesse corse. Il a fait plus ; il a osé, usant de son droit de grand-vassal, suivre le comte Enrigo jusque dans son appartement, et là, en présence de ceux que leur service attache immédiatement à la personne d'Enrigo, il a demandé à être admis avec le comte son seigneur, et les barons ses pairs, à l'honneur de recevoir de la main de l'empereur l'ordre de la chevalerie.

Enrigo le regarde fixement.

Marcello sent que ce regard pé-
nètre ses plus secrètes pensées ; il
sent qu'il rougit ; il s'en irrite, et
veut, à force d'audace, échapper
à la confusion dont le couvre sa
conscience effrayée : il répète sa
demande.

« Solliciter pour vous le titre
de chevalier ? lui répond le comte :
il vous faudrait y renoncer si vous
l'aviez reçu. Loin d'aspirer à de
nouveaux honneurs, craignez de
perdre ceux que d'illustres parens
vous transmirent.

— Hé qui me les disputerait ?

— Le dernier archer qui a combattu les Sarrasins aujourd'hui.

— Arrivé trop tard.....

— C'est à la cour de Noël que vous vous justifierez devant vos pairs assemblés, d'avoir déshonoré la bannière d'un baron corse ; épargnez-moi le triste soin de prévenir leur jugement, en vous déclarant indigne d'être créé chevalier, et demain je le proclame publiquement, si vous insistez... Éloignez-vous, Marcello ; en vain déguise-t-on l'infamie d'un vol du nom pompeux d'usurpation ; l'illégitime détenteur du territoire de Tralaveti est à mes yeux aussi coupable que le vassal qui dérobe le plus vil bétail.

— Comte Enrigo , je serais déjà dépossédé , si mes droits pouvaient se contester..... Je consens pourtant à les prouver, les armes à la main, contre Cinarca , et c'est le combat de Dieu maintenant que je viens vous demander.

—C'en est trop, s'écria le comte Enrigo ; vous avez abusé de ma

clémence; vous sentirez le poids
de ma justice. Partez, Marcello;
dans trois jours le château de Tralaveti sera rasé, et moi-même je
poserai des limites que votre avidité ne franchira plus, sans en-
courir une prompte punition. Je
connais comme vous quelles sont
ces limites, et le vélin où votre
père les traça si soigneusement
est dans les archives de Venaco...
Vous ignoriez que ce précieux titre fût en mon pouvoir? Mais l'é-
vêque d'Aleria, qui veut vous
épargner un faux serment et éviter le duel, qu'il condamne, m'a

remis cette irrécusable preuve,
qui termine toute querelle, et que
votre père lui avait confiée, croyant
qu'elle servirait un jour à appuyer
de justes prétentions, et non à
confondre le mensonge... Je vous
ordonne de m'attendre dans trois
jours sur le pont de Tralaveti.
Allez. »

Un geste impératif suivit ce
mot, et Marcello surpris, accablé
par ce qu'il venait d'entendre, se
retira. Il traversa rapidement les
galeries du palais, et ayant appelé
ses écuyers, il regagna sa tente,

où il ordonna que , pendant qu'il
changerait d'habits , les hommes
d'armes s'apprêtassent à partir, ne
voulant point que le soleil levant le
trouvàt sous les murs de Venaco.

A peine Marcello s'était-il re-
tiré , que le comte de Corse s'ap-
plaudit , avec Ginevra , d'avoir
fixé à une époque aussi rapprochée
le jugement qui mettait fin à la
contestation élevée entre les seigneurs de Cinarca et de Tralaveti,
et de profiter ainsi du moment
où , retenu par ses blessures , l'é-
poux de Bianca ne pouvait obte-

nir justice de son épée, et punir
l'insolente tentative de Marcello.
Cet entretien rappela au comte
les craintes de sa fille, les mécon-
tentemens d'Antonio, que le sarde
Federici avait instruit malgré la
défense d'Enrigo, et l'ordre de
chasser Federici du palais fut
donné et exécuté sur-le-champ.

Les vassaux de Tralaveti
étaient réunis et entouraient leur
seigneur qui venait de monter à
cheval, quand Federici, s'appro-
chant de Marcello, lui demanda,
en qualité d'étranger sans asile,

la grâce d'être admis au nombre
de ses serviteurs. Marcello, étonné, hésitait à répondre; un signe
de Federici le décida, et l'ordre
d'employer le Sarde fut donné aux
écuyers; mais le seigneur de Tralaveti n'envoya pas le traître avec
ses nouveaux compagnons, et le
retenant auprès de lui, il se fit
rendre compte des motifs qui lui
avaient fait quitter aussi brusquement le service de la jeune comtesse Bianca, quand ce n'était
qu'attaché à sa personne qu'il pouvait lui être utile. Federici n'avait
rien à déguiser; il avait obéi à

Marcello en cherchant à irriter le seigneur de Cinarca. Par son rapport sincère, il était en effet parvenu à exciter sa colère, et sans l'attaque des Sarrasins, Cinarca sollicitait lui-même le combat à outrance. Mais Federici, qui, n'ayant plus d'accès auprès de Bianca, cessait d'avoir des droits aux récompenses que lui prodiguait Marcello quand il flattait sa passion de l'espoir d'être partagée, voulut détruire cette erreur qu'il avait si long-temps nourrie. Chassé ignominieusement du palais de Venaco, Federici aussi croyait avoir à se venger; il avait besoin d'exciter toute la haine de son nouveau maître, et tant qu'il comptait sur les sentimens secrets de Bianca; Marcello n'était pas encore l'implacable ennemi du comte Enrigo. Federici l'avait deviné, car les âmes basses ont une intelligence merveilleuse pour découvrir les pensées qui ravalent jusqu'à elles ceux que le sort semblait désigner à leur vénération par l'élévation du rang, la puissance et les richesses.

« Je vous ai trompé, seigneur,

dit le fourbe, ou plutôt je l'ai été
moi-même. La comtesse Bianca,
dont j'avais jusqu'ici interprété
les discours et la conduite en votre
faveur, paraît aimer passionné-
ment son époux. Avant d'obéir
aux ordres du comte Enrigo, je
me suis prosterné aux pieds de sa
fille. J'ai sollicité ma grâce. « Je
ne pardonnerai jamais, m'a-t-elle
répondu, à celui qui a pu faire
douter un seul instant de ma ten-
dresse le comte Antonio. » Et sans
daigner jeter un regard sur moi,
elle est rentrée dans la chambre
où reposait Cinarca, et où je l'ai

vue inclinée sur son lit, baiser les
mains du jeune comte avec tous
les signes de l'inquiétude et de
l'affection la plus vive. Comme
toutes les femmes, Bianca n'est
point exempte de coquetterie; elle
se laisserait peut-être adorer, si
l'apparence du danger d'Antonio
n'exaltait son amour. Elle croit
lui en donner une preuve en affi-
chant dans ce moment son mépris
pour vous.....»

—Quoi Bianca s'occupe de moi?

— En me quittant, elle s'écria

avec impatience , en s'adressant au vieux Guido : Il faut encore que j'entende nommer ce misérable seigneur de Tralaveti !

— Paix, Federici, paix, sur ta vie , interrompit Marcello ; n'ajoute pas un mot, et que celui que je viens d'entendre résonne toujours à mon oreille. Tu me le répéteras pendant les trois jours que je vais attendre le comte Enrigo , mon suzerain.

Comme Marcello prononçait ces paroles , les premiers rayons du jour éclairèrent son visage , et

Federici fut satisfait de l'expression de sa physionomie décolorée.
Ils étaient alors sur le haut d'une
montagne, d'où l'on pouvait encore distinguer la foule du peuple
rassemblée autour de Venaco, et
les armes luisantes des soldats
qui remplissaient l'enceinte desti-
née à la cérémonie.

Marcello arrêta son cheval de
guerre, et, après avoir regardé
un instant les tours de Venaco, il
murmura sourdement :

« Adieu, Enrigo Colonna ;

adieu , enfant de Rome ; nous nous reverrons dans trois jours. »

« Dans trois jours , » répéta le sarde Federici, et il sourit en voyant avec quelle rapidité le seigneur de Tralaveti s'éloignait.

Chapitre cinquième.

———

Les temps de justice sont beaux mais de la beauté de ces convul sions de la nature, où le ciel s voile d'un crêpe épais, que de traits de feu déchirent en tou sens, tandis que le vent courbe, ? l'égal des joncs flexibles, les haut.

Maurin del.   Hocquart J.⁹ sc.

Stéphanie apprend à l'Othon qu'elle vient
de l'empoisonner, ainsi qu'elle même.   ch. 3.

peupliers sur les eaux des fleuves
qui se débordent , et que dans le
lointain on entend rouler avec fra-
cas les roches détachées de la cime
ténébreuse des montagnes dont les
échos prolongent les éclats de la
foudre , ou répètent le sourd et
lugubre bouillonnement des mé-
taux en fusion , qu'un nouveau
volcan va répandre sur la terre.
Ainsi les révolutions apparais-
sent ; et quel que soit l'effroi
qu'elles inspirent, quelle que soit
l'horreur qui les environne , les
meurtres qui les souillent , un
prophète de l'Éternel , dont une

longue expérience des douleurs de la vie avait obscurci le front décoré du diadême , nous dévoile leur beauté , en disant : *Le Seigneur est juste dans toutes ses voies* [1]. En vain notre intelligence bornée s'étonne , en vain notre faible chair tressaille : *Le Seigneur juge toute la terre selon la justice* [2]. Ces peuples terribles , que nous avons vu se soulever, ne sont que les dociles instrumens de la volonté suprême , et ils con-

---

[1] Psaume 144.

[2] *Id.* 97.

nurent qu'un joug pesait sur eux,
le jour où le rémunérateur leur
en dévoila le poids. Quelle créature aurait conçu ce vaste dessein,
où, par une succession de misères
inouïes, tous les rangs se confon-
dirent? Quel esprit humain eût
combiné ces punitions éclatantes
ou ingénieuses qui remplissaient
les palais d'épouvante, et faisaient
retentir de gémissemens le toit
rustique d'où le dernier fils était
appelé au combat! Quel est celui
qui, formé dans le sein d'une
femme, eût résisté aux prières,
aux larmes, au sang innocent, et

eût osé dire : *Toutes les voies
sont justes?.....* Interprète d'un
Dieu vengeur, répétez ces paroles
à la terre, car les peuples ont reculé devant leurs œuvres. Ils ne
comprennent plus ce courage qui
renversait les trônes, et cette fureur qui insultait aux rois. Ils
courbent de nouveau leurs têtes
devant ces antiques races de chefs
qu'ils avaient juré d'exterminer,
et renouent eux-mêmes les liens
qu'ils ont rompus. Les décrets du
Très-Haut sont accomplis, et les
peuples ont régné, ont oppressé
à leur tour. Hélas! ils n'étaient

point nés dans la pourpre, ces
hommes qui disputaient à la mer
une plage étroite que resserraient
les montagnes stériles de la Li-
gurie! Un sceptre n'était pas le
premier jouet que soutenaient
leurs débiles mains! les courtisans n'avaient pas entouré leur
berceau, flatté leur jeunesse! et
pourtant ils se montrèrent avides,
despotes, implacables comme des
monarques.

Source éternelle de maux, la
puissance avait suffi pour familia-
riser avec tous les vices, avec

tous les crimes de simples ci-
toyens. Gênes s'enrichit des dépouilles de la Corse ; elle s'enivra
de son sang ; elle lui envia ses titres à une vieille gloire, et des
honneurs, payés souvent de la
vie, furent arrachés à sa noblesse
expirante, ou sous le fer des assas-
sins, ou au milieu d'un banquet
empoisonné, offert par le sénat.
Comment vous nommerai-je, illustres ancêtres de ces compagnons de Sampietro, de Giafferi,
de Gaffori, de Paoli ? Vous qui
défendiez vos princes, comme vos
fils depuis ont défendu leur pa-

trie ? Et qu'importe, après tout,
que Gênes ait lacéré vos archives,
effacé vos devises, brisé vos écus-
sons ? Quelles légendes, quelles
armoiries nous apprendraient ce
que vous fûtes, aussi bien que
nous l'apprennent le courage de
vos enfans et leur amour pour
la liberté ?..... Il serait beau cependant de voir comment tant
de vertus étaient héréditaires, et
l'on aimerait à joindre à l'orgueil
des jours présens, la vénération
des temps passés. Aux yeux de
l'homme qui vit si peu, c'est
déjà un mérite que d'avoir été

avant lui ; l'antiquité d'un objet matériel, destiné peut-être à l'usage le plus commun, excite sa curiosité et captive son attention. Nous étonnerons-nous qu'il admire le rejeton d'une longue suite d'aïeux ? Les anciens trouvaient quelque chose de divin dans les familles qui se perpétuaient ainsi ? et le même nom qui, de siècle en siècle, résonne à notre oreille, devient illustre par cela seul qu'il fut long-temps répété. Mais ce n'est point là où régna une domination étrangère qu'il faut chercher les marques visibles

l'une grandeur transmise, que les
uccesseurs des héros conservent
i religieusement. Ces annales
uthentiques., ces emblêmes ho-
iorables, ces titres glorieux qui
listinguaient les premiers d'en-
re le peuple corse, ont été anéan-
is. Ainsi que la verte Erin, l'âpre
Cyrne cherche en vain les demeu-
es de ses chefs et ces trophées
[ui les décoraient, dont chaque
iièce rappelait un grand souve-
iir..... Une pierre sépulcrale ap-
irend quelquefois à un insulaire
e secret de la *haute-puissance*
les siens. Étrange révélation !

C'est dans le sein de la mort qu'il va puiser une vie nouvelle. Quelques cendres vont relever ses esprits, ranimer son courage, justifier son audace....... Hélas ! peut-être aussi qu'en buvant à cette coupe de la vanité que renfermait une tombe, il s'égarera... Épargnez-vous, fils de la Corse, le soin de compter vos aïeux ; cessez de chercher quelle fut leur renommée ; n'avez-vous pas tous combattu la tyrannie ? ne l'avez-vous point réduite à abdiquer ? qu'enviez-vous encore à ces ombres que vous remplacez dans

l'espace? qui sait ce qu'elles pres-
criraient? Il est si grand, celui
qui s'élève seul! que nul appui ne
soutient! que nul prestige n'environne! Ne regardez point en
arrière, illustrez votre nom, et
n'en cherchez point l'origine; faites retentir le monde de vos exploits, et ne-racontez point les
nôtres. Ainsi parleraient vos pè-
res, ainsi pensait cette troupe
noble et vaillante qui, sous les
ordres du comte de Corse, se
rangeait lentement autour de l'enceinte préparée dans le préau de
Venaco.

La beauté du ciel, la pompe sauvage du lieu pittoresque où se célébrait l'auguste cérémonie, étonnaient la suite d'Othon. Lui-même fut ému, lorsqu'il vit à genoux, au pied de son estrade, le comte de Corse, la tête nue, la main droite étendue sur le livre des saints évangiles que lui présentait l'évêque d'Aleria, et ses sept fils vêtus de blanc, qui soutenaient le long manteau de pourpre, signe de souveraineté qu'il portait sur son armure.

« Jurez, lui dit Othon, qu'au-

cun mensonge ne souillera vos
lèvres ; jurez de protéger la faiblesse , de secourir le malheur, et
de punir le crime. Jurez encore ,
ajouta Othon d'une voix basse et
tremblante , de ne point condam-
ner un accusé sans l'avoir entendu,
et de laisser aux lois le soin de
venger vos injures. »

Enrigo remarque la rougeur
qui couvre le visage d'Othon. Il
l'attribuerait à la modestie d'un
jeune homme qui éprouve, malgré le rang suprême qu'il occupe ,
quelqu'embarras en recevant

l'hommage d'un guerrier dans
toute la maturité de l'âge, qu'une
famille nombreuse environne, et
qui semblerait appelé par la nature à décerner l'honneur qu'il
reçoit ; mais cette nuance foncée,
qui colore les joues du jeune empereur, et s'étend jusque sur son
front, n'est point celle de la pudeur, c'est la confusion qui naît
des remords qu'un souvenir vient
de provoquer..... Dans ce moment les yeux d'Enrigo s'arrêtent
sur ceux d'Othon ; il cherche à en
interpréter l'expression, et paraît
oublier le serment qu'il vient

d'entendre , pour ne s'occuper que de celui qui le dicte.

« Est-ce le comte de Corse qui hésite à prendre de tels engagemens, » dit le prélat.

— Non, grâce au ciel, s'écrie Enrigo ; et il répète la formule assez haut, pour que non-seulement ses barons, placés près de lui, l'entendent, mais qu'elle retentisse encore dans les rangs plus éloignés formés par les simples vassaux.

— Et Enrigo ne sera jamais parjure, répondirent comme par acclamation les Corses.

Un soupir s'échappa de la poitrine d'Othon, quand ce témoignage éclatant et involontaire, rendu aux vertus du comte, vint frapper son oreille. Il inclina sa tête, la laissa tomber un moment sur sa main, et parut sortir d'une méditation pénible, lorsque les barons corses déposèrent successivement à ses pieds leurs épées pour les recevoir de sa main, après avoir prononcé le serment.....

Mais une scène touchante vint distraire l'empereur des sombres pensées qui l'accablaient. Porté par des soldats, le fils adoptif du comte de Corse, l'époux de sa fille, est amené jusqu'au trône d'Othon. Le jeune seigneur de Cinarca n'a point voulu être dispensé de comparaître avec ses compagnons d'armes ; l'honneur que décerne le souverain d'Occident flatte moins son orgueil que les éloges qu'il a recueillis en traversant les rangs de ses braves archers, témoins d'un courage que pour la première fois il employa à

la défense de tous. Sa pâleur, la
faiblesse de sa voix, la présence
de Guido qui le soutient, lorsqu'il se soulève lentement pour ré-
péter à son tour les paroles solen-
nelles et présenter son épée encore
teinte du sang ennemi..... Tout
augmente l'intérêt qu'il inspire; et
quand au-dessus des créneaux on
aperçoit Bianca, qui, dans son
inquiétude, a quitté la place
qu'elle occupait auprès de sa
mère, qu'on la voit penchée, at-
tentive, suivre des yeux les mouvemens d'Antonio, et négliger de
retenir son voile qu'un vent frais

vient de détacher; quand elle paraît ainsi, embellie par l'amour
le plus légitime et la sensibilité
la plus vraie, un murmure d'at-
tendrissement se fait entendre de
toutes parts, et les vieux guerriers
s'étonnent d'éprouver une émotion dont la gloire n'est point l'objet. D'éclatantes fanfares annoncent la fin de la cérémonie. Les
bataillons corses défilent devant
Othon; leurs enseignes s'abaissent
et saluent l'aigle impérial; le
comte Enrigo et les nouveaux chevaliers demeurent seuls pour se
joindre aux Allemands qu'ils vont

conduire au port d'Alista. Il tarde
à l'empereur de remonter sur son
vaisseau et de poursuivre sa route;
il voudrait hâter la brise qui ne
s'élèvera qu'à la fin du jour, comme
il se hâte de quitter l'enceinte de
Venaco. En vain Ginevra joint ses
instances à ceux de son époux et
demande que les heures destinées
à attendre un vent favorable lui
soient accordées ; elle éprouve un
refus, et le prince le prononce si
tristement, que Ginevra s'accuse
d'un empressement indiscret ;
mais la courtoisie de l'empereur
dissipe bientôt l'embarras de la

comtesse ; il reçoit ses adieux, la
remercie d'une hospitalité si gra-
cieusement accordée, presse avec
affection contre sa poitrine les ai-
mables enfans qui l'entourent ; et
s'élançant à cheval, suit, accom-
pagné du comte Enrigo, la longue
avenue de mélèzes qui doit le conduire aux plages d'Alista. Mais
peu d'heures suffisent pour ralen-
tir sa marche. Le soleil a embrasé
l'air des mêmes feux qui dévorent
l'Afrique ; les chevaux et les ca-
valiers sont également accablés de
fatigue. Othon s'arrête au pied
d'une roche élevée, d'où jaillit

une source fraîche et limpide que
des figuiers touffus environnent.
Ombragé par ces arbres et arrosé
par les eaux qui sortent du rocher, le gazon qui croît en ce lieu
est toujours vert. C'est là que le
comte de Corse a fait préparer
des rafraîchissemens qu'il offre à
l'empereur et à sa suite. Quel que
soit le désir de ce prince, il cède
aux prières d'Enrigo qui lui mon-
tre les hommes abattus et les cour-
siers haletans. Il s'assied sur un
quartier de roc, accepte quelques
fruits que lui présente Enrigo, et
après ce léger repas, cherche vai-

nement l'oubli de ses fatigues dans
un sommeil semblable à celui où
sont ensevelis tous les siens. Le
comte de Corse remarque l'insomnie du jeune prince ; il en accuse
en riant le duvet sur lequel il repose habituellement, et se dispose
à lui former une couche plus molle,
en réunissant les manteaux de plusieurs chevaliers.

« Vos soins seraient inutiles,
mon cher comte, lui dit Othon.
Dois-je d'ailleurs désirer le sommeil ? Pour moi il n'est pas le repos. Quelles images viennent se

présenter alors !!!..... Je le vois,
poursuivit Othon, après un long
silence ; vous ignorez encore le
motif du voyage que j'entre-
prends. Vous l'attribuez à une
sainte exaltation, à ce désir im-
périeux d'une âme chrétienne
qui veut adorer son Dieu, là où
elle fut rachetée par son sang ?
Hélas ! non. Ma volonté ne me
conduit point, à travers mille périls, rendre un témoignage éclatant
de ma foi sur le tombeau du Christ.
Je ne vais point mériter des hommages tels que l'on en doit déjà à
la pitié courageuse de tant de prin-

ces et de chevaliers ; j'expie un crime : ce pèlerinage m'est imposé...
Vertueux Enrigo , il m'est pénible
de voir votre surprise à cet aveu.
J'envie l'innocence de votre vie ;
j'envie l'heureuse position de vos
États , qui vous laisse ignorer
long-temps jusqu'aux fautes des
rois..... Mais combien de temps
peut-on cacher sa honte sur le
trône ? Mon père vainquit tous ses
ennemis ; non-seulement les peuples voisins de l'Allemagne trem-
blèrent devant ses armes , mais il
fit régner en Italie la terreur et la
mort..... Hé bien , l'histoire trans-

met son nom flétri à la postérité;
que seront un jour les grandeurs,
les victoires d'Othon le *sangui-
naire?* Un seul mot, tracé dans
l'ombre par une main vulgaire, a
anéanti la renommée du plus puissant des princes de son temps......
Et Théophanie, ma mère, soup-
çonnée d'avoir abrégé les jours de
son époux!!! Pourquoi nous laisse-
t-on ignorer cette puissance inexo-
rable qui juge, en dépit des ar-
mées, du conquérant, et des bour-
reaux du despote? Pourquoi ne
nous montre-t-on point le dernier
de nos sujets, riant dans un vil

réduit de nos faiblesses, publiant
nos misères, détaillant nos scan-
dales, réhabilitant nos victimes,
et nous accablant du poids insupportable de la vérité des faits?
Non, il n'en va pas ainsi. A peine
les ministres de la religion osent-
ils nous rappeler qu'un autre
monde amènera une autre justice.
Ce temps d'égalité qu'ils laissent
entrevoir se perd dans le vague
de l'éternité; il est annoncé en
paroles mystiques; on craint que
les peuples ne l'invoquent... Tout
sembla se réunir contre moi : la
débilité de l'âge, la corruption

des courtisans, les maximes de la
politique. A trois ans je régnai...
Puisse le surnom *d'enfant,* que je
reçus alors, justifier un jour ma
mémoire! Jouet de mes passions,
et souvent l'instrument de celles
de mes favoris, je ne sais quelle
impulsion je suivais ; je ne pour-
rais motiver ni les guerres que
j'entrepris, ni les impôts que je fis
percevoir. Nulle réflexion ne les
précédait, nul remords ne les
suivit. Partir pour ravager les
terres de mes voisins, ou pour
chasser dans mes forêts, excitait
également ma gaîté, et jamais une

voix ne s'éleva contre de coupa-
bles agressions ou de dispen-
dieux plaisirs. Je désirai avec fureur, je possédai sans joie une
épouse dont la beauté accomplie
avait seule décidé mon choix.
Mais alors même que je cherchais
dans l'impératrice le charme qui
m'avait séduit, quand j'observais
la régularité de ses traits, la grâce
de toute sa personne, et que je ne
concevais pas la froideur qui avait
succédé à mes premiers transports, je sentais qu'à défaut d'a-
mour, la jalousie lui conservait
sur moi des droits puissans, et

que sa fidélité était nécessaire au
bonheur de ma vie. L'orgueil peut
expliquer cette délicatesse, comme
la perversité d'Édith m'expliqua la
brièveté des sentimens qu'elle m'a-
vait d'abord inspirés. Il n'appar-
tient qu'à la vertu d'en faire naître de durables...... Depuis mon
mariage, je voyais avec humeur
les succès qu'obtenait Conrad de
Bamberg, jeune seigneur qui avait
été jusqu'alors un de mes favoris.
Il réunissait les suffrages de toutes
les femmes, et l'impératrice parut
le distinguer. Je me promettais
d'observer sa conduite, lorsque

tout-à-coup cette princesse, si empressée à paraître dans les tournois et dans les fêtes, si avide de tous les plaisirs, se confine dans son appartement, et refuse, sous différens prétextes, de se montrer au peuple dans les cérémonies publiques, et de recevoir les hommages de sa cour. Ce caprice me surprit. J'interrogeai plusieurs fois Édith, qui allégua sa santé, et enfin me confia le désir de vivre avec une austérité qui contrariât moins la dévotion dont elle se sentait touchée depuis quelque temps. Exécrable hypocrisie ! Je fus trom-

pé; et je ne sais quoi de nouveau,
dans les manières et dans la parure de la princesse, lui rendit à
mes yeux tout son attrait. Ainsi
que dans les premiers jours de
notre union, je ne pouvais me
séparer d'elle, et j'insistai pour
qu'elle se remontrât en souveraine
jeune et brillante au milieu des
pompes de la cour. Semblant alors
céder au seul désir de justifier ses
refus, elle me déclara qu'elle ne
pourrait que par une retraite ab-
solue se dérober à l'audace de
Conrad de Bamberg, qui, non
content de nourrir pour elle une

passion adultère, avait été sur le
point de lui faire violence en s'in-
troduisant dans sa tente pendant
le dernier voyage que j'avais fait
pour visiter ces frontières que les
Esclavons menaçaient, et où l'impératrice avait voulu m'accom-
pagner. Des pleurs, des sanglots
interrompirent souvent Édith
pendant ce récit, qu'elle accompagna de détails qui me peignirent
l'excès d'amour dont brûlait Conrad, et portèrent ma fureur au
comble. « Je ne peux, ajouta-t-
elle, supporter les regards de cet
audacieux; ils me rappellent tou-

jours la nuit affreuse où mes forces suffirent à peine pour m'arra-
cher de ses bras.....» Je ne pus
en entendre davantage ; je sortis
brusquement de chez l'impératrice, et une heure après la tête
de Conrad était exposée sur les
remparts de Cologne. Vous frémis-
sez de cette précipitation.......
Point de magistrats, point de jugement..... Non, ma volonté suffit ; et son exécution ne satisfai-
sant pas complètement la haine
que je portais à Conrad, j'essayai
de la rassasier en insultant aux
restes de mon ennemi. Je fus me

promener sur les remparts... Ah!
je la vis, cette tête sanglante! je
la vois toujours..... je vois cette
chevelure hérissée que le vent
agite, ces yeux ternes fixés sur
moi, cette bouche déformée qui
ne reste entr'ouverte que pour
pousser un gémissement que rien
n'interrompt.....

« Calmez-vous, seigneur, dit
Enrigo, en remarquant l'altération
du visage de l'empereur ; sans
doute que quelques années plus
tard vous auriez puni ce crime
avec moins de vivacité et peut-

être moins de rigueur; mais at-
tenter à l'honneur de sa souveraine ! outrager à la fois la pudeur
et la majesté du trône ! combien la
modération eût été difficile !

— Écoutez-moi encore, reprit
Othon d'une voix qu'il s'efforçait
de faire parvenir à l'oreille du
comte, écoutez-moi jusqu'au bout.
Je retournai vers l'impératrice, et
voulus lui annoncer le premier
qu'elle était vengée..... Je souffre
beaucoup en vous faisant ce récit,
Enrigo....., mais je l'achèverai.
A peine Édith eut-elle appris la

mort de Conrad , que ses traits se
bouleversèrent , un tremblement
convulsif agita ses membres , et
elle ne put prononcer que des sons
inarticulés. Je ne sais quoi en elle
me pénétrait dans ce moment
d'horreur ; j'attendais qu'elle par-
lât, avec une anxiété inexprimable.
Je n'oublierai jamais ses premiers
mots : « Monstre , s'écria-t-elle ,
Conrad était innocent ; c'était moi,
moi qui l'idolâtrais ; je n'ai pu le
séduire ; je l'ai accusé. J'espérais
qu'effrayé par tes menaces, Conrad aurait recours à moi. Je ne te
faisais point justice ; je n'avais pas

prévu qu'Othon était un assas-
sin..... » J'interrompis alors cette
femme que la raison semblait avoir
abandonnée, et pour punir son
crime , j'aggravai le mien. Je la fis
périr du supplice réservé aux
adultères. Elle fut précipitée dans
un bûcher élevé au milieu de la
cour du palais. Ses cris parvin-
rent jusqu'à moi..... Dès que mes
yeux se ferment , je vois apparaî-
tre Conrad et Édith..... Croyez-
vous que je puisse désirer le sommeil?..... Mais pendant quelque
temps je n'éprouvai que le besoin
de me distraire , et me livrant aux

plaisirs avec excès , je réussis à
oublier les victimes de ma fureur.
La veuve de Crescence , préfet de
Rome , Stéphanie , la plus belle
personne de la cour depuis qu'É-
dith n'existait plus , était aussi célèbre par son esprit et sa vertu,
que par ses charmes. J'en devins
amoureux ; elle résista long-temps,
et ne céda qu'à la promesse que
je lui fis de l'épouser dès que j'aurais disposé en sa faveur les vieux
seigneurs qui formaient mon con-
seil, dont je feignais de redouter
le blâme. Cependant Stéphanie
s'inquiétait de me voir toujours

reculer le terme fixé pour notre
union. Bientôt elle allait devenir
mère ; sa honte était inévitable ;
elle me conjura de ne point oublier mes sermens, et m'en conjura au nom de mon enfant.....
Importuné par ses plaintes , je
lui déclarai enfin que la politique
seule serait consultée quand je me
déciderais à former de nouveaux
liens , et qu'elle s'opposait à ce
qu'un souverain choisît pour
épouse sa sujette. L'éclat extraordinaire dont brillèrent ses yeux
dans le moment où je lui déclarai
ainsi ma volonté , me força à bais-

ser les miens. Elle ne parlait pas
et continuait à me regarder. Je
rougis d'être intimidé à ce point
par une femme, et pour me relever dans mon propre esprit, j'af-
fectai une grande générosité. Je
promis à Stéphanie des titres,
des richesses, et l'amour le plus
tendre, s'il n'était légitime. «Mais,
dit-elle plusieurs fois, je serai votre concubine, et mon enfant sera
un bâtard? » Elle appuyait avec
amertume sur ces noms injurieux.
Cependant, je crus la laisser ré-
signée à son sort, et me félicitai
d'une perfidie qui mettait en ma

possession une femme charmante,
sans nuire aux intérêts de ma puissance, que je voulais augmenter
en m'alliant à une princesse de
Danemarck. Pour prouver à Stéphanie que cette décision était le
fruit de ma sagesse, et non de ma
légèreté, dès le lendemain je retournai passer la journée chez
elle, et jamais son humeur ne me
parut plus enjouée, ni son esprit
plus agréable. Depuis quelque
temps ses prétentions, que je re-
jetais toujours, amenèrent des
querelles qui terminaient brusquement nos entretiens. Celui-ci

me rappela les premiers jours de
ma liaison avec Stéphanie, et je
trouvai simple que la malheureuse
femme, que j'avais trahie et dé-
shonorée, employât encore pour
me plaire tout ce qu'elle possédait
de charmes!!! Vers la fin du jour
Stéphanie fit servir des eaux gla-
cées, que je bus, ainsi qu'elle,
avec une avidité que nous attri-
buâmes tous deux à l'excessive
chaleur de la saison. A peine
avais-je avalé la dernière coupe,
que m'avait offerte Stéphanie, que
je ressentis les douleurs les plus
aiguës. Je me retournai vers elle;

une pâleur mortelle couvrait son
visage, et je la vis se jeter sur des
carreaux en donnant tous les signes d'une souffrance insupportable. Je n'avais aucun soupçon ;
mais la voyant atteinte du même
mal que moi, et après avoir pris
le même breuvage, je me traînai
jusqu'à elle ; et saisissant sa main,
je m'écriai : Ma chère Stéphanie,
qui a préparé cette boisson? Se-
rions-nous empoisonnés? Stéphanie alors ouvrit les yeux, et
me dit avec un affreux sourire :
« Meurs, Othon, meurs. Nous
mourrons tous....... et moi, et

mon enfant aussi : c'est moi qui
l'ai préparé, ce poison.....» Mes
cris firent accourir ma suite. On
s'empressa à me soulager; on y
parvint. Stéphanie plus délicate,
et dont la position augmentait le
danger, expira presque sur-le-
champ. On arracha de ses entrail-
les le fils qu'elle m'aurait donné;
un seul cri m'annonça son existence, qui se termina à l'instant
même....... On crut que je suc-
comberais aussi à l'effet du poison, quoique j'y eusse résisté
d'abord, et les courtisans n'osè-
rent plus interdire aux ministres

de la religion l'approche de mon
lit, lorsque les médecins cessè-
rent de répondre de ma vie. Ce
fut alors que l'archevêque de Pra-
gue, effrayé sans doute des aveux
que je lui faisais, m'amena un
pieux solitaire que depuis long-
temps les peuples vénéraient, et
dont le nom et les vertus m'é-
taient également inconnus (d).
Vous répéterai-je ce qu'il me fit
entendre sur cette couche d'où je
ne devais jamais me relever. Quels
devoirs m'avaient été imposés !
Que me prescrivaient-ils? Qu'a-
vais-je fait ? Il m'interrogeait

comme Dieu même, et empruntait, pour m'accuser, la voix de Conrad, d'Édith ou de Stéphanie ; jusqu'à cette faible et déformée créature que j'avais à peine entrevue, et qui était appelée en témoignage contre moi. Mes douleurs m'avaient donné le désir de mourir. Le discours de Glaber m'en inspira la crainte. Je vis l'éternité telle qu'elle sera le partage des réprouvés, et je demandai à vivre pour expier. Les prières de Glaber, mes remords peut-être, obtinrent d'une miséricorde immense quelques jours qui devaient

être consacrés à une austère retraite, mon intention étant alors
d'embrasser l'état monastique ;
mais une vision du solitaire ne me
permit point d'accomplir ce dessein. Un ange vint, pendant un
sommeil extatique, manifester au
saint la volonté de Dieu. Il me déclara que j'étais condamné à régner ; qu'une pénitence obscure
ne pouvait réparer l'éclat de mes
crimes, et que c'était aux yeux de
tous que, prosterné sur le sépulcre du Seigneur, je devais me reconnaître pécheur indigne de par-
don. « Mais c'est là pourtant, ajouta

le vénérable Glaber, c'est là que
vous serez pardonné ! Une multi-
tude d'esprits célestes environnent
ce lieu ; ils recueillent les sou-
pirs de l'humilité, les larmes du
repentir et les anxiétés d'une faible espérance. Cette légion divine
célèbre par ses chants le grand
sacrifice, la victime sans tache ;
elle nomme le coupable et le Ré-
dempteur, et les péchés sont ef-
facés. » Ainsi me parla Glaber. Je
me hâtai d'obéir. Le soin de mes
États confié à des ministres intè-
gres (car j'en trouvai dès que
j'eus fait connaître la volonté d'en

employer), je publiai mon projet
d'aller visiter les saints lieux. Déjà
de grands princes, d'illustres impé-
ratrices avaient donné ce pieux
exemple, et comme eux je fus suivi
de l'élite de mes sujets. Quelques
obstacles pourront nous être op-
posés par les Infidèles ; nous bra-
verons leur fureur impie. Eh !
plût à Dieu que notre sang coulât
dans cette entreprise ! Si ma vie
languissante pouvait s'exhaler en
défendant le signe sacré que Glaber traça sur ma bannière ! Hier,
j'éprouvais déjà quelque soulage-
ment, lorsque nos efforts réunis

faisaient fuir les ennemis de Dieu..
Mais le serment que je vous dictai
aujourd'hui, ce serment dont chaque mot semble inventé pour rappeler un de mes crimes, est venu
troubler mon esprit. Vous me
croirez aisément, noble comte de
Corse ; mais prescrire des devoirs
qu'il n'observa point, imposer
une loi qu'il transgressa, ce fut
pour Othon une humiliation insupportable.....»

L'empereur cessa de parler, et
Enrigo, craignant de blesser la
vérité en atténuant la grandeur

des fautes dont il venait d'entendre le récit, ou d'offenser, par sa
sincérité, le plus puissant monarque de l'Europe, garda le silence.
Mais Othon le rompit en disant :

« Si quelque repos peut encore
m'être accordé, ce n'est qu'après
avoir accompli mon vœu. Soit que
le poison qui circule dans mes vei-
nes doive terminer mes jours à
Jérusalem, soit que le ciel, satisfait par la publicité de mes
aveux et de ma pénitence, daigne
alors calmer mes terreurs et mes
remords..........

— Hé , seigneur, s'écria Enrigo; qui douta jamais de la miséricorde divine au pied du Golgo-
tha! Partez. Hâtez-vous, auguste
et infortuné coupable, donnez au
monde un grand exemple. Appre-
nez aux peuples étonnés à quelle
hauteur s'élève une âme toute
royale. Il n'est point de vos
sujets qui ne puissent se souiller
des fautes que vous déplorez ;
mais il n'est donné qu'à vous de
courber dans la poussière un front
ceint du diadème, de dépouiller
la pourpre pour revêtir le cilice.
Vous montrez à tous les yeux la

faiblesse de l'homme, l'héroïsme du prince, l'abnégation du chrétien : non-seulement le Ciel s'apaise, mais les nations se rassurent. Quel gage pour l'avenir ! Othon, purifié, sait récompenser la vertu; mais il saura punir l'iniquité, car nul n'en connaît le prix comme lui ; et ses peuples un jour peut-être béniront, à propos de leur souverain, la Providence qui le conduisit à la sagesse et à la justice par des voies si impénétrables.

Un sourire de l'empereur ap-

prit à Enrigo combien ce discours
le flattait. Sa mélancolie parut se
dissiper, et pour la première fois
depuis qu'il avait quitté l'Allemagne, il s'entretint avec les seigneurs de sa suite d'objets étrangers aux tristes motifs de son pé-
lerinage.

Arrivé sur la plage d'Alista,
Othon ne souffrit point que le
comte de Corse renouvelât l'hommage qu'il en avait déjà reçu; il
l'embrassa tendrement, et l'assura d'une amitié inaltérable. Et
quand le vent gonflant les voiles

de son vaisseau, les matelots firent entendre les derniers cris qui le forçaient à quitter la terre, quelques larmes, échappées de ses yeux et sillonnant ses joues décolorées, qui différaient encore à peine de celles d'une adolescente, achevèrent d'attendrir Enrigo sur le sort de ce jeune monarque. Il appréciait la vertu, il expiait ses fautes ; Enrigo lui promit des jours sereins.

« Enrigo, répondit Othon, l'empereur d'Occident décide du sort de l'Europe; il crée des souverains,

il dispense des honneurs, et il ne
peut goûter une heure de repos...
Son âme est déchirée par les remords, son corps est accablé sous
le poids des douleurs..; il pleure..,
il pleure dans les bras du comte
de Corse, qui le console et l'en-
courage...

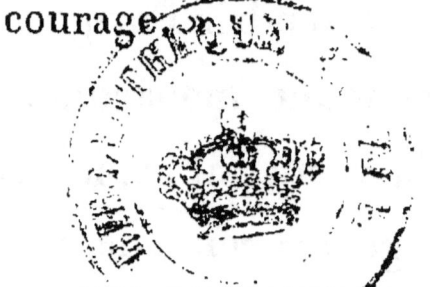

FIN DU PREMIER VOLUME.

Cet ouvrage se trouve aussi chez :

PEYTIEUX, libraire, galerie Delorme, n. 13 ;

DELAUNAY, libraire, au Palais-Royal ;

BRIANCHON, libraire, rue de la Harpe, n. 30 ;

PIGOREAU, libraire, place Saint-Germain-l'Auxer-
rois, n. 20 ;

Charles GOSSELIN, libraire, rue Saint-Germain-des-
Prés, n. 9, près la poste aux chevaux ;

VERNAREL et TENON, rue Hautefeuille, n. 30.

On trouve aux mêmes adresses, *Vannina*, ou
l'Héritière Corse, ouvrage du même auteur.